恩古吉·瓦·提安哥
文集

中学史 自传三部曲之二

[肯尼亚] 恩古吉·瓦·提安哥 著

黄健人 译

人民文学出版社

IN THE HOUSE OF THE INTERPRETER: A MEMOIR
Copyright © 2012 BY NGŨGĨ WA THIONG'O
This edition arranged with THE MARSH AGENCY LTD
through BIG APPLE AGENCY, LABUAN, MALAYSIA.
Simplified Chinese edition copyright © 2021 People's Literature Publishing House
All rights reserved.

图书在版编目(CIP)数据

中学史:自传三部曲之二/(肯尼亚)恩古吉·瓦·提安哥著;黄健人译.—北京:人民文学出版社,2021
(恩古吉·瓦·提安哥文集)
ISBN 978-7-02-012123-6

Ⅰ.①中… Ⅱ.①恩…②黄… Ⅲ.①自传体小说—肯尼亚—现代 Ⅳ.①I424.45

中国版本图书馆 CIP 数据核字(2016)第 248153 号

责任编辑	张海香　冯　娅
装帧设计	李思安
责任印制	任　祎

出版发行	人民文学出版社
社　　址	北京市朝内大街 166 号
邮政编码	100705
印　　刷	三河市宏盛印务有限公司
经　　销	全国新华书店等
字　　数	173 千字
开　　本	880 毫米×1230 毫米　1/32
印　　张	7.75　插页 3
印　　数	1—5000
版　　次	2021 年 5 月北京第 1 版
印　　次	2021 年 5 月第 1 次印刷
书　　号	978-7-02-012123-6
定　　价	38.00 元

如有印装质量问题,请与本社图书销售中心调换。电话:010-65233595

目　次

1955 年　家和学校的故事 ·················· *1*

1956 年　灵魂争斗的故事 ·················· *59*

1957 年　街头民众与立法委员的故事 ········· *105*

1958 年　两种使命的故事 ·················· *135*

1959 年　大门外猎狗的故事 ················ *189*

致谢 ································· *243*

在我自以为最安全的地方,有件叫我吃惊的东西。

——沃尔特·惠特曼《草叶集》之《这堆混合肥料》

* 本书原名为 *In the House of the Interpreter: A Memoir*。"The House of the Interpreter"典出英国作家约翰·班扬的小说《天路历程》,系故事中基督徒必经的一座精神博物馆,引导朝圣者了解耶稣生平与事业,指点朝圣者前往天国的耶稣受难地加略山与耶稣墓地。——译者注

1955 年

家和学校的故事

1

寄宿学校第一个学期期末到了,我准备回家。时值四月。一月离家到"联盟中学"①报到上学时,我是扒货车的末节车厢来的,那时身边只有一堆工人们的工具和衣裳。如今我乘三等车,与肯尼思·万加同学结伴而行。车内拥挤,只能站着。我俩身穿卡其布校服、短裤,系蓝领带,与挤满车厢的黑皮肤非洲乘客截然不同,他们个个破衣烂衫,只是破烂程度不一。他们兴奋地交谈,偶尔还发笑,但面容憔悴。在利穆鲁车站下车,我在站台上流连一番,东张西望,品味回家这一刻的滋味。那货棚,那茶亭,那候车室,那户外的卫生间,都贴着"限欧洲人使用""限亚洲人使用"的条子,而非洲人,除了那些够资格的,只能默默忍受风吹雨打,见证自1898年这座车站首次使用以来的岁月沧桑。

万加与我分道扬镳,各奔东西,他坐他爸爸的汽车,我独自步行。忽然,我心头一闪:要回家见妈妈啦!很快,很快,就能和弟弟

---

① 联盟中学(The Alliance High School),是肯尼亚首座向非洲人提供中等教育的学校。1926年3月1日由新教各教派联合创办。

妹妹欢聚一堂。有那么多好消息与他们分享——我是班上的优等生！不消说,妈妈会问我有没有全力以赴做到最好,或者换句话问,你是不是头一名？我就只好承认,班上另一个男孩子亨利·卡西亚排在我前头。只要你全力以赴做到最好就行,妈妈肯定满脸喜色地叮嘱我,而我呢,被妈妈的笑容照耀着,被妈妈的爱意暖心窝,提前为妈妈的快乐而快乐。

右手拎着我的小木箱。箱子不太重,可是不停地晃荡,不停地撞击我的腿。不一会儿,我换到左手,可左边更糟糕,只好把箱子举起来扛在肩上。就这样一次又一次地倒腾:右手——左手——右肩——左肩——右手,真是步步艰难。我缓缓走向那座非洲集市,杳无人迹,鬼一样的地方,只有一群发情的野狗在追逐争夺一只母狗。然而,对此地儿时的回忆却潮水般地涌上心头:我哥哥的作坊、格林旅馆外头扎堆儿打听新闻的人群、我从帕特里克·穆拉基自行车上摔下来的情景。我跟跟跄跄地穿过集市,爬上通往印第安商铺中心的斜坡。大约两年前,我哥哥古德曼·华莱士就是狂奔冲下这道斜坡,险些被一阵警察的枪弹击中。不过,还是别让那些痛苦的记忆破坏我作为"联盟中学"学生首次回家的喜悦吧。我转而回想年少时在利穆鲁的那些开心往事,那些事更符合眼前胜利归来的心情。

翁思穆斯·基哈拉·瓦瑞鲁立刻闪现在眼前,基哈拉自行车骑得很棒,又最爱出风头,最得意的就是蹬车攀登这道坡。人们夹道旁观,啧啧称羡,为他加油,目睹他一路骑车上山,到印第安商铺中心去取邮件和包裹。除了他,谁都做不到蹬车攀顶,中途一次都不下来推车的。基哈拉是我们的自行车英雄,力量超人。

沉浸在纷繁的思绪中,我全然忘记了留意身旁的景色。但本能突然提醒我已经到家了……或者说家应该在的地方。我停住脚步,放下箱子,环顾四周。我们栽种的白蜡树篱绿叶依旧,但树篱那边,家园却徒剩一堆火烧之后的干土,支离破碎的木头,还有青草。我妈妈的茅屋,我哥哥的吊脚楼,那座室外仓库,统统夷为平地。我的家!我离开去"联盟中学"上学才三个月的家,我家的那棵梨树依然矗立,但与那道树篱一样,只是无言的见证。朝远处一望,我忽然明白整座村庄都消失不见了。那纵横交错的条条小路,曾把散居各处的房舍连成一片村落,如今只通向一堆堆断壁残垣,一座座家园的坟墓,荒无人迹。头顶振翅飞过或篱间鸣叫的鸟儿倍添虚空。茫然四顾,我跌坐在梨树下我的木箱上,似乎期望梨树能告诉我它知道的一切。至少,这棵梨树在藐视着这一大片荒凉。我捡起几只熟梨,默默咬着,不知所措。整整一座村庄,众多乡亲,往昔岁月,一切的一切,怎么能灰飞烟灭,统统消失不见了呢?!

两只老鼠在废墟间奔跑追逐,把我从胡思乱想中惊醒。我琢磨着应该去那座唯一挺立不倒的房子打听个究竟——那是卡拉胡家,尽管同样鬼气森森。我重新拎起那只沉甸甸的木箱,跟跟跄跄地朝前走。在篱笆旁边我看到一个人,认出来是姆万吉,他与那群工人一道,向来忠心耿耿为卡哈胡家干活。孩提时代我们管他叫姆万尼·瓦·卡哈胡,虽说和他不沾亲。他对山顶那座大房子总是说长道短。现在,这片荒野之间就剩下他和我两个人了。

你说不知道所有的乡亲都搬到民团岗哨附近去了?可不是么,你是学校放假才回家的。自个儿上山去瞧瞧吧,他边说边朝山梁方向胡乱地挥挥手。

他说的是实话。我瞪着他,想听下文,可他却抬脚走了。平日里,他总会直奔最欢喜的话题,摇唇鼓舌,大扯卡哈胡家的那些事,可今天他竟无话可说。我艰难地往山上啊去,路上只见更多的乡村民居惨遭火焚,变成了断壁残垣、成堆焦土。到了山顶,一切美好回忆丧失殆尽。我放下箱子,俯瞰脚下的山谷,眼前展现出一大片房屋的茅草苫顶。

忘掉往日的美景,我告诫自己,心烦意乱于事无补。拎着你的箱子,顺那条从前上学走过的小路往前走,下山吧。横穿谷底那条土路,经过那个永远的泥水池。强迫双脚向前挪。对,向前挪。一步,又一步,往前挪,一路拖着那只木箱。

终于来到头一排房屋跟前。一些男人钻了大山,另一些男人进了监狱,女人们只好努力演好新的、老的各种角色:让娃娃们有饭可吃,有衣可穿;运水;下地干活;伸手讨要微薄的工钱;而且,盖房子——盖新房子,建设新家园。你连看一眼自己亲手完工的活计都没时间。你需要一个陌生人,像我这样的,来欣赏你无暇顾及的成果。座座茅舍处于完工的不同阶段。持枪的民团就在青草丛中的新村道路上巡逻。你可停不下手来——咱们的妈妈们、妹妹们、孩子们。

我逢人就打听见到我妈妈没有。有的人一脸不解,说不知我打听的是谁;另一些人干脆耸耸肩,摇摇头,接着干手里的活儿。不过还是有人关心我家人的详细情况以及老家的方位,然后指给我也许能找到家人下落的方向。

从前散居山中各处的居民被驱赶聚拢,落户到一处叫做"卡密里胡"的集中村。往日的邻居都散了。费尽周折,我终于找到了自己的家。妈妈和嫂嫂正在用茅草苫房顶,妹妹在下面递草捆,弟弟和一个不认识的年轻人忙着用泥巴填充墙壁。弟弟认出我来,大声欢呼,邻居们纷纷停下手里的活计看热闹。妹妹在衣服上擦净双手,和我拉拉手。妈妈也大声喊道——这么说你回来啦,好像宁愿我离远些似的。弟弟跟我打招呼——你好。那语气不像是欢迎我回到温暖的家,而更像是示意我动手一起干活。我找个角落,脱下"联盟中学"的校服,换上旧衣,动手干活,须臾间就浑身溅满了泥巴。此情此景,可与我先前想象的回家场面完全不一样呀。

而在"联盟中学",我已经度过了八十九天,比在这里时间长得多吧?既然这样,家对我还有什么意义,难道这个村子把我当成了陌生人?

2

  1955年1月20日,星期四,我头一回踏进"联盟中学"的校门。那天,我仿佛感觉在一场永不到头的噩梦中,侥幸逃脱了一群嗜血猎狗的追赶,终于躲进了一处避难所。但是不用回头看就知道,大门外那群猎狗还没有散去,它们蹲伏在地,咻咻喘气,伺机以待。

  石头房子!这么多的石头房子,全都盖在一个地方,供我们使用,仿佛一座军事要塞,与我这辈子一直居住的草顶泥墙小茅舍真是天壤之别啊。我们的主人,后来我才知道叫做级长,带领我们各处参观了一圈,最后把我们分别带去不同的宿舍和寝室。就连"宿舍"这个字眼听起来也觉得好安全、好惬意呀。两排床铺面对面排开,中间是一溜抽屉,抽屉的平顶就充当桌子。我的行李,一只木箱,正好塞到床下。这宿舍让我想起,以前闹眼病住过一次院圣的乔治医院的病房。但这里没有医院的气味,而是薰衣草的馨香。一辈子头一回,我有了一张真正的床,我自己的床。第二天早上我好想掐自己一把,证明这不是在做梦。

  星期五,来校的第二天,我们到财务主管的办公室注册,解决学费。星期六,给我们每个人发了校服:一条卡其布短裤、几件衬衫、两件棉T恤——白的睡觉穿,红的工作穿——还有一条蓝领带。有更多的男孩子陆续报到,头一个周末快得就好比一个温柔的梦,一切都宛若陷入朦胧薄雾,轮廓飞快消失。地平线上空那群猎狗的嚎叫,已成为遥远的回声。

3

"联盟中学"创立于1926年3月1日,是新教各教派——"苏格兰教会"①"圣公会""卫理公会""非洲内陆教会"之间合并的一次短暂联盟的结果。这所学校是肯尼亚第一所为非洲人开办的中学,也是各教派大联盟仅存的善果。如今,那些非洲的小学毕业生们已经可以选择进入各类职业技术学校就读了。

这所中学是在费尔普斯-斯托克斯东非教育委员会提议之下,由位于纽约的费尔普斯-斯托克斯基金会②拨款,以十九世纪美国南部的美国土著及非裔美国人的教育体制为榜样而创办的。1924至1925年间,G. A. 格里夫斯③在即将被正式委派担任"联盟中学"首任校长之前,曾获费尔普斯-斯托克斯的资助,赴美国学习研究这套体制,这就意味着几乎是强制性的朝拜塔斯基吉学院

---

① 苏格兰教会于1946年重新命名为东非长老会教会,与福音传教士协会合并。英国国教CMS成为肯尼亚的"教会省"。——作者注
② 费尔普斯-斯托克斯基金会(The Phelps Stokes Fund),是依据费尔普斯-斯托克斯家族一位成员的遗嘱,于1911年建立的一项非盈利基金。
③ G. A. 格里夫斯(George Arthur Grieves),1926—1940年任"联盟中学"首任校长。

和汉普敦学院。弗吉尼亚的汉普敦学院是1868年由阿姆斯特朗将军,一位夏威夷传教士的儿子兴建;而塔斯基吉学院是1881年由布克尔·T.华盛顿,一位汉普敦学院毕业生及阿姆斯特朗的被保护人创办,两所学校就是样板。然而,这两所学校的教育理念却几乎是对立的:一个是自强自立;一个是旨在培养具有公德心、能在现存种族界限范围内劳作的黑人[1]。"联盟中学"就是以这种活跃的精神建立起来的。学校的校训是强健、奉献;校歌颂扬体魄、心灵与性格的强健,是阿姆斯特朗身体、心灵、双手整合一体思想的翻版。学校祈祷文也强调这一理念:

主啊,我们的主啊,让学校在你统领下;
其工作要彻底,其生活要愉快。
从这里毕业的学生,身体要强健,心灵要强健,性格要强健;
以你之名,以你之力,将忠诚造福他们的同胞。

尽管"联盟中学"创办伊始学制为两年,以文学教育为核心,但其木工与农业课程却一直保持了美国南部学校职业教育模式的性质。仿照这个模式,该校主要培养教师,有些学生后来受雇于教会、政府、独立的非洲学校(在这些学校被禁之前)。这个模式几乎没有受到干扰,一直延续到1940年。直至爱德华·凯里·弗朗

---

[1] 甚至在美国境内,此举也并非总能取得预期效果,正如"泛非洲运动"的发起者和执行秘书斯姆比尼·马姆巴·恩科莫与美国非洲学生联合会的种种活动,以及各大学中非裔美国学生反对种族歧视的骚乱,包括汉普敦学院1924—1927年间的骚乱所证实的那样。见肯尼斯·金所著《黑人学院的非洲学生:好非洲笔记》(Phylon 出版社,1966,第31卷,1970,第29页。)——作者注

西斯①接任校长，把英国文法学校的四年制体制嫁接到美国职业教育的主干上来。

凯里·弗朗西斯把领导"联盟中学"视为从道德与智力方面培养未来领导人的好机会，这些人将能在针锋相对的两端之间游刃有余。1944年4月24日，他致函爱丁堡修道院伊顿门的H. M. 格雷斯牧师，信中阐明了这个观点：

> 种族主义情绪在肯尼亚非常严重，双方都有错。不少欧洲人对传播教义、开展教育十分怀疑（说土著给惯坏了），虽然现状比从前好了很多。而非洲人生来猜疑白人。任何人想做事都必然招来自双方的指责，何况谁能保证不出错呢，形势就更其艰难。不过，这也是个很好的机遇。我们将亲手造就这个国家未来的绝大部分领导人。

在另一份报告书中，凯里·弗朗西斯讲到他1928年10月26日抵达蒙巴萨岛时，一位旅伴如何好心好意将他拉到一边，建议他多加小心，最好什么也别干，连自己混作一堆的行李也别伸手整理，因为那样做就意味着"在土著面前特权丧尽"。抵达马赛诺后，又遇到一位态度友好的政府官员，同样建议他对土著敬而远之。他把这些理论视为荒唐透顶的谎言，认为这些东西"导致了白人与黑人之间的怨恨与传教工作的低效率"②。因为他在马赛诺遇到的黑人男孩们表现得友好大方，具有与生俱来的绅士风度，这些素质完全可以加以正确引导。

---

① 爱德华·凯里·弗朗西斯（Edward Carey Francis, 1897—1966），英国数学家，肯尼亚传教士，对肯尼亚现代教育事业做出很大贡献。——作者注
② 《肯尼亚的凯里·弗朗西斯》，L. B. 格里夫斯著，伦敦：雷克斯·考林斯出版社，1969，第6页。——作者注

爱德华·凯里·弗朗西斯于"联盟中学"
成立75周年(1926—2001)纪念日

弗朗西斯一定把这种态度也带到了"联盟中学",这所学校的的确确培养了相当一批乐于合作的领导人。但是,与其创办者们的意图恰恰相悖,"联盟中学"同样造就了一群激进的民族主义者,强烈反抗殖民主义。具有讽刺意味的是,学校本身的组织结构颠覆了原本旨在效劳的殖民体系,而且凯里·弗朗西斯,一位荣获英帝国勋章的军官,竟然最为始终如一地破坏殖民主义秩序。教师中的非洲人与白人平起平坐,至少在我们眼里,暗中削弱了种族隔离,悄然颠覆了非洲人乃劣等民族的说法。的确,一些黑人老师比白人老师课堂教学效果更好。总之,不论他们教什么,如何教,这些非洲老师都是我们学习和成长的榜样。凯里·弗朗西斯通过努力培养学生在田野与课堂同样表现卓越,造就了一批可进大学继续深造的聪明自信的毕业生。待到离开"联盟中学"时,我觉得自己学习上可以与任何欧洲或亚洲学校的毕业生并驾齐驱。

1955年1月我刚到"联盟中学"时,并不了解学校背负的历史,也不知道学校最终会激发出我这份自信。这倒也没关系。只要知道那群恶狗进不了学校地盘,不会惊扰我在利文斯通舍二寝室的好梦就行了。

4

"我若在这件变故发生前一小时死去,我就可以说活过了一段幸福的时光;因为从这一刻起,人生已经失去它的严肃意义,一切都不过是儿戏。"①星期一,时间大约五点钟,这是我在二寝室的第四个早晨。我一面坐起身,一面提心吊胆打量四周,嘀咕是何人为何大叫死亡?一大清早就呐喊的人正站在外面院子里,众人接二连三地被惊醒,阿拉普·索伊,邻床上的二年级生要我别担心——那人是摩西·盖思瑞,舍监,他正在以这种方式迎接新的一天。或者说,他就是以这种方式通知利文斯通舍四间寝室的级长们叫大家起床。

"要是我死去……"摩西又开始大喊大叫;一个男孩故意无所指地大骂一声:傻瓜!那是斯坦利·恩加吉,索伊说,他不喜欢醒也不喜欢被叫醒。他用毯子从头到脚把自己罩起来,打手电看书到深夜,"傻瓜"这个词老挂在他嘴上。

等摩西如同《圣经》里的公鸡一样,打算第三次大叫时,所有

---

① 引自莎士比亚悲剧《麦克白》第二幕第三场。

的人都已经跳下床,冲到外面的厕所里,然后再回来脱掉睡衣,换上工作服。这是发给我们星期六穿的。有人抱怨说这衣服就像囚服,但我不介意。大扫除时间到啦,摩西大叫着加了一句,清洁仅次于圣洁。这一句顿时放松了早晨的紧张,只有一个同学还在模仿摩西:我若有一把匕首,他嘟嘟囔囔,我就要……

那是斯蒂芬·穆瑞思,索伊说道。这人自大好斗,时刻想找碴打架,虽说最后并不会真动手,不过那两只牛眼睛一瞪,"你惹我试试"的架势够唬人的。

寝室里顿时一片喧闹忙乱。舍长贝修尔·A.吉普拉盖,无须莎士比亚的戏剧夸张,不动声色却效率甚高,指派众人,分头完成早晨该干的活,老生和新生搭配,有的打扫房间,有的带镰刀去割草,有的打扫院子,有的打扫户外厕所和洗澡间。

高年级同学讲起了关于厕所的老笑话。很早以前,这些马桶刚刚装上,有的同学只当是另一种蹲坑,不坐下来却照样蹲上去,结果常常拉到马桶外面,臭烘烘一摊,却谁也不肯认账,也不愿主动打扫干净。体罚的威胁也无济于事,学生们个个顽石一样死不开口。谁都不想被叫做扫粪的。最后,还是几位白人老师应对有方,拿起笤帚和其他工具把厕所给收拾干净了。学生防线土崩瓦解,从此以后打扫厕所天经地义,成为同学们早晨大扫除必须干的活计。

大扫除完毕,大家回到房间,站到床边,舍监大卫·马丁由摩西·盖思瑞陪同,检查宿舍卫生。这是利文斯通舍四间寝室内部的一场卫生竞赛,为各宿舍寝室之间的定期卫生比赛做准备。

随后,我们大家冲进洗澡间开始淋浴。我迟疑不决地当众脱掉衣裳。在我们村里,行过割礼和未行过割礼的人是绝不会一起淋浴的。但在这里,却是大家共同淋浴,级长们也一样。学校显然早已打破了这条界限,因为谁都不介意他人精赤条条。有些人已经开始打肥皂,还哼着小调,或互相调侃。别傻瞪眼啦,快冲澡吧,有人冲我大叫道。

淋浴过后准备早晨检阅,这个过程总是富于魔力。真的,在学校的每一天、每一时、每一分、每一秒,都给我带来新鲜与奇妙,而且未来会更加奇妙。我穿上卡其布校服,打好蓝领带,上面还有校名缩写 AHS,随即汇入同样的卡其布校服人流。大家列队进入操场。原来这里就是前一天我们进校的地方呀,但那份新鲜感不减分毫。尽管这里只是一片空地,但我很快就明白操场才是学校最重要的地方,是每天尽情挥洒力量的地方。

我们按照各自所在宿舍的秩序列队,各舍的人再按身高站队,最高的排末尾。全体面对一根高高的旗杆,旁边松松地垂着一条绳子。高年级级长们站在各自宿舍队列的前面,舍监们再往前几步,面对我们。其余的老师三两成堆,袖手旁观。我从没见过这么多白人老师,目光自然落到四位黑人老师身上,目标太鲜明了。

摩西·盖思瑞突然一声大喊:立正!利文斯通舍的学生们应声站好。常务校长詹姆斯·史密斯和校队队长马纳斯·基戈德开始检阅,后面紧跟着舍监和级长。史密斯在队列前走过,在每个学生面前停步,检查大家的制服、赤脚(鞋子星期六和星期天才许可穿)、头发,发现一项不够整洁就扣掉几分。我以为自己头发梳得很服帖,但史密斯挑出了毛病,扣掉利文斯通舍几分。上小学时倒霉的头发就经常给我添乱,也不知怎么养成的坏习惯,一有心事就揪头发或者挠头皮。结果不论怎么梳理,过不了一小时就头发凌乱。这个头可开得不好,我暗暗地骂自己。

正寻思着接下来会做什么,忽然听见小鼓、小号、军号齐鸣。乐队转几圈之后,停在我们面前草台上的旗杆旁边。此刻,全体人员，包括教员，统统立正。鼓声轻奏，鼓队队长踏着鼓点走向旗杆，把手中叠好的旗帜系上旗绳。一名乐手向前一步，吹响军号，鼓队队长拉动旗绳，英国国旗冉冉升起。当旗帜升上顶端，在风中高高飘扬时，全体师生庄严地高唱：

  上帝保佑女王，

  祝她万寿无疆，

  神佑女王。

  常胜利，沐荣光；

  孚民望，心欢畅；

  治国家，王运长；

  神佑女王！

歌词和旋律我都是头一回接触，但我只管含混不清地跟着唱下去，压根儿没留意这么做的辛辣讽刺——因为我唱这首神圣的赞美歌时，我的亲哥哥古德·华莱士却正在大山里与茅茅①游击队战士们并肩作战，争取早日结束英国女王对肯尼亚的统治。②

检阅结束，我们排队进入小教堂。这是一座山墙尖耸的小建筑，坐落在足球场一头稍低些的树林里。我们纷纷坐到教堂的长

---

① 茅茅，指二十世纪五十年代肯尼亚人民反对英国殖民者的武装斗争运动。茅茅是该运动组织的名称，其意义说法不一。一说为当地人举行反英秘密宣誓时，在门外放哨的儿童发现敌情时常发出"茅—茅"（Mau-Mau）的呼喊声，以作警告，由此得名。二战结束后，曾在英国军队中服役的肯尼亚人纷纷复员回国。这些受过反法西斯战争洗礼的士兵，具有一定的民族主义与民主思想，利用传统宣誓的办法，开始组织茅茅。最初只有2000多人。茅茅提出的夺回土地、废除种族歧视、争取生存和独立的口号，很快就得到各地农民的响应，力量迅速壮大，参加宣誓的群众超过100万人，武装部队曾达到1.5万人，以吉库尤人为主体。

② 我在自己的早期回忆录《战时梦》中讲过我哥哥逃进深山的惊人故事。——作者注

椅上,这里摆着《圣经》《赞美歌》《救赎歌》之类书籍。史密斯校长,这位身体清洁大总管,摇身变为灵魂清洁大总管,开始认真宣讲《圣经》与《圣歌》中的段落。有首赞美诗抓住了我的心,它语调热切,但愿望真切:救世主,求你洗涤我,我就比雪更白。①

出了教堂,我们就冲进饭堂。早餐有粥、未涂黄油的面包片、可可,这些食品要求我们从自家带来。身体与灵魂都喂饱了,现在该准备接受把我们从四面八方吸引来的东西——心灵的养料了。

---

① 典出《圣经·赞美诗》第五十一章第七节。

5

全校学生被分为两组——A组和B组。离家之前,利穆鲁的乡亲们都夸我是家乡的天才,念书比肯尼亚任何孩子都好。现在我诧异地发现另外二十名比我更好的男孩子被分到A组,而我却与二十名不够天才的同学分到了B组。不要紧,真的。所有同学修同样的课程,读同样的课本,参加同样的考试。我自尊的翅膀也许被剪掉了一点点,但和妈妈的约定依然鞭策着我:我一定全力以赴,且看付出能收获什么。

英语是我的第一节课。这节课跟我在这里遇到的一切相似,充满神秘和刺激。大腹便便的英语老师走进教室,原来就是已经见过的那位财务主管P. R. 奥迪斯先生。他自我介绍完毕就吩咐众人:"跟我走。"抬脚便出了门。我们跟着他穿过操场,走过足球场,朝大门走去。然后他向左一拐,踏上一条缓缓上升、通向山顶的土路,两旁的夹道是灰溜溜的石头平房,褐色瓦屋顶,房子两侧是修剪整齐的草坪。奥迪斯带我们走到这些房子中的一道门前,说:"欢迎光临我的城堡。"①我

---

① 此处套用英语流行语:A man's home is his castle. 一个人的家就是他的城堡。

们的头一节英语课就是参观一座地道的英国家园。

我们边看边学,从起居室、客厅开始。奥迪斯逐一讲述:墙上的风景画、英国乡村风光;大地毯、小地毯;壁炉、壁炉架上的蜡烛和小瓷像;舒适的组合沙发与靠垫;茶几、咖啡桌(不是给人搁脚的,他连忙补充说),一只书架;一只高高的柜子,展示盘子和玻璃杯(不是日常用的,他又加了一句)。在卫生间里,我们发现浴缸、洗脸盆、水龙头、几把牙刷和一管牙膏。一切都与我们村的茅屋天差地别,我们的茅屋里只有一小块万能活动空间,有时还得与羊群挤在一起。我们的卫生间就是河边,在这里洗衣裳,在芦苇后面洗澡,在院子的水盆里洗手、洗脚。在我们村,红土是洗澡文化的一部分。而在这里,一切东西都洁白无瑕。

我们进入厨房,奥迪斯用英语指着各种器皿:电饭煲、罐子、平底锅、各种刀子(他说统称为刀具 cutlery),以及各种器具。用餐区是一张餐桌,摆着盘子、刀叉、大小形状各异的刀子,当然还有餐巾。奥迪斯形容不要怎么坐(绝不要把胳膊肘放到餐桌上);如何拿刀叉;刀叉摆放顺序,吃肉该用哪种刀叉,吃鱼又该用哪种。应当礼貌地说"请把盐递给我",而不是朝另一位客人侧身伸手去够想要的东西;当然还有餐盘要向身体外侧倾斜,免得把调料或汤汁弄到自己身上;嘴里塞满食物时不要说话。使用餐巾也有规矩,铺到大腿上,别塞在脖子周围;如何用餐巾角擦掉唇上不想要的东西,但千万不要用来擦鼻涕。我们还学会如何把刀叉交叉摆放或者成角度摆放,最好角度要大,示意侍者自己还没吃完盘中食物,以及怎样把刀叉平行摆放,告诉侍者他可以收走盘子。

我们还学会三道菜的一顿饭,以水果和甜点收尾。我还以为他说的是以沙漠收尾,直奇怪那东西怎么能成块吃下去。只有一个同学也大惊小怪。不是,甜点是吃的,不是一块沙子,叫 dessert,不是desert。同学们哄堂大笑。这一切都好抽象,跟我在乡下吃的饭食太不一样,我们吃的是米粉糕和依丽什锦菜,通常就用手指头往嘴里送,我吃饭时肯定也从没被人伺候过。在理想的进餐礼仪指点下,奥迪斯在训练我们养成被人伺候的习惯,或者至少是在把这种念头灌输到我们脑子里。

最后,我们来到主人卧室,奥迪斯教我们说床垫、床罩、梳妆台和抽屉、衣橱、睡衣、晨衣。他正要带我们去客人卧室之际,几个同学发现一道侧门廊下挂着枪!奥迪斯想往前走,可同学们站住脚,傻了眼。那是一挺兰喀斯特机关枪、一把手枪,还有一个警报器,奥迪斯解释道。1952年茅茅战争爆发时,宣布进入紧急状态,他和大卫·马丁当时加入了肯尼亚警察预备队。早些年他们还给学生配备过弓和箭,以便夜间巡逻,不过茅茅战士并未进攻或威胁过学校。明摆着,奥迪斯挺尴尬:枪支及其用途可不是上课要讲的东西。

大家鱼贯返回校园听下节课的路上,没人议论最后这件戳人心窝的事。而是你一句我一句"对不起","请把水递给我,谢谢"。我们还背诵着一顿饭三道菜的次序:头盘、汤、主菜、水果和甜点。有人还是把甜点念成沙漠,招来一阵哈哈大笑。你想要撒哈拉①吗?不,不,就来点儿卡拉哈里②吧。一些同学有节奏地重复吟诵,最要紧的是,除了水果,什么都不能用手拿。

这句话招来更多笑声:用刀叉我们怎么吃玉米豆子饭、依丽什锦菜和米粉糕?那米粉糕的滋味就全没啦,有人认真评论道。吃米粉糕的快乐就在于用手抓着品尝:手指头插进热气腾腾的糕,塞

---

① 位于非洲北部的世界最大沙漠。
② 非洲南部沙漠。

到嘴里让它慢慢变凉,再用舌头翻动它再滚上几圈。人家说的是英国饭和英国的吃饭规矩,别的人补充说明。奥迪斯听到这些就在下课前解释说,餐桌礼仪没有种族与肤色之分。举止良好就好比身体整洁,是通向上帝与神圣的方式。

6

奥迪斯后来就只在教室上课,不过,英语一直吸引着我。我发觉以前在基尼夭戈里预备学校自学的那些语法对我上中学大有好处。动词的一般变化形式,定语和状语从句,还有词组,这些能使简单的主谓结构变成复合句,对我来说易如反掌。从学语言扩展到学文学真是一种享受。不过,正是在一堂文学课上我和老师头一回起了冲突。

一天,史密斯校长,我们的文学课老师,指出我们爱用大词来显示自己对英语所知甚多的毛病。他从一篇同学的作文中举了个例子:"当我沿着那条道路巡视之时,劈面遭遇一位着红色服装和大皮靴的绅士,骑着一匹奇大无比的属于牛科的四足动物。"这个句子成为蹩脚英文的典型例证。

尽量别用拉丁词根的词,他教我们。要用盎格鲁-撒克逊词。最要紧的是,以《圣经》的文字为榜样。《圣经》里的句子英文最简洁:Jesus wept.①就两个词。所以呀,大家就以耶稣为榜样吧。他

---

① 意为:"耶稣哭了。"

说话也最简洁。

我疑惑了。可我并不想故作聪明或纠正老师,就举手说,耶稣不说英文啊,《圣经》是翻译成英文的。同学们顿时哄堂大笑,而史密斯先生则臊得哑口无言。但他随即反击,针对求知好一番说教:记住,你是来学习的,不是教课的。你想和我换换位置吗?他问,把粉笔伸到我面前。教室里顿时鸦雀无声,气氛紧张。他随即补充说自己起先指的是詹姆斯王钦定的《圣经》英译本,这个译本曾鼓舞了许许多多英语散文家和诗人。对求知者来说,这部英文《圣经》的语言简直是登峰造极。史密斯的恼羞成怒令人哑口无言,无法质疑。

这一幕使人想起了肯尼思·姆布瓜,我小学的一位同学。我俩之间直来直去,常常争得面红耳赤,却从不结怨。在"联盟中学"的头几个星期里,我曾想找到一位可以与之争论的人,就像以前和肯尼思常做的那样,可惜找不到。我确信肯尼思本来可以比我和其他同学都学得更好。可惜造化弄人,我进了中学,他却去了师范学校,各自踏上通往不同目的的征程。我的英语成绩比我其他任何科目都好,使我得以入读非洲最棒的一所中学。

自打肯尼思动身去卡姆比,他就杳无音信。我想念他,尤其遭遇了史密斯这场不快之后。终于有一天,我收到了肯尼思寄来的厚厚一封信。信中说他既不想说自己在师范学校的日常琐细,混得如何,也不想打听我在"联盟中学"过得怎样,却楔起我们很久以来的那场争论:一个人写作到底需不需要许可证?我也不知这念头从何而来,但我早就坚决认为,没有许可证就写作会有被捕坐班房的危险;而肯尼思呢,认为写作并不需要什么资格认证。如今他再次挑起这场激烈争执,告诉我他已动了写那本他发誓要写的书,好证明我是错的。他还随信寄来好几页手稿为证。

他的故事讲一个男孩如何去内罗毕找工作,给自己和两个弟弟挣学费,结果在城市的灯红酒绿中迷失方向。故事动人,可惜太短。我立刻就发觉故事讲得有缺点:他爱使用大词和长句。搁在从前,我一定会为他的词汇量之大激动不已。但现在,我以史密斯的眼光检阅文字,他号召我们以《圣经》中的英文散文为楷模真给我们留下了深深印痕。詹姆斯王钦定本《圣经》一直是我心爱的书籍之一。我学会了把简单句、并列句与复合句糅合起来,好收获不同效果。

再给我寄些你写的东西来,我回信给肯尼思。但别用大词。重读《圣经》,瞧瞧如何用英文最好。我正想写耶稣说的英文非常简洁,但我及时打住了。无论如何,是史密斯教会我品鉴作品的第一个批评标准。

7

英国文学课、历史课、地理课,教给我们新词、新题目、新事物和新术语。物理课和化学实验室教给我们的词汇是烧杯、气体、元素与化合物。水分子式 H_2O 成了我们给水的新名字:请把 H_2O 递给我好吗?

我喜欢物理课、化学课,但常常被其他同学吓倒,他们一副科学家架势,和老师们说着内行话。我更为诸多元素混合或加热时那炼金术般的奇妙变化而好奇不已,比如,看不见的氢和氧为何能变成水呢?元素一定有神灵附体,可我能向老师们打听这些神灵吗?

生物实验室里摆满盆栽、玻璃瓶、死青蛙、死老鼠、死千足虫,用甲醛防腐的昆虫,一股子医院和死亡的味道。我死死盯着这些东西,想象着它们活过来,把我们赶出实验室,或者它们撒腿就逃,一头钻进外面院子的草丛中。我从小在大自然的怀抱里长大。芒戈湿地上各种生命繁衍泛滥,从吸血的蚂蟥到不同生长形态的青蛙——蛙卵、无脚蝌蚪、有脚蝌蚪、小青蛙,到芦苇丛中产蛋的小鸟。也许附近的昂迪瑞湿地生物种类同样千变万化。我们本该研究它们，而不是把它们分门别类栽进花盆，或把那些青蛙和昆虫用甲醛泡起来。尽管实验室向我打开了各种新世界，使我看待凡物的眼光不同起来，但我觉得想象力丰富的文学书比各种历史书和科学实验室更合我的心意。

8

阿兰·奥戈特,我的第一位数学老师,个子高高,浑身洋溢着自信和权威。他教我们的术语——定理、求证、QED,成了我们常挂嘴边的时髦语;还有那些说明,比如:直角三角形斜边的平方等于另两条边的平方和,A 平方加 B 平方等于 C 平方,也不时出现在我们的聊天当中。这些东西听来真是学问大大,莫测高深。奥戈特一身童子军教官制服,模样就更气派更高深。在小教堂的晨祷和晚祷中,他对我们宣讲的教义不像在大声呼唤灵魂高高飞翔或深深躲进羞耻,更像对心灵的一场激烈挑战,使用的英语词汇远比他的白人同行们复杂,令我们倍感震撼。不过,他给我留下最深刻的印象却是在教室和教堂之外,而并非在教学的背景下。

对此他自己却全然不知。当时他站在宽敞大院的绿草地上,正在与别的老师还是学生交谈,他两手抱着本书。我的目光落在书的标题上,是彼得·艾布拉姆斯[①]写的《辨识自由》。我顿时惊呆了,这几个字仿佛在讲述校园之外的广袤世界。

[①] 彼得·艾布拉姆斯(Peter Abrahams),南非小说家、记者和政治评论家。

也许我本该鼓起勇气,问他肯不肯把这本书借给我,但我终究胆怯。不料八月份,他动身去苏格兰上大学了。不过数年之后,我再次遇到彼得·艾布拉姆斯时,发现了南非文学。我依然记得阿兰·奥戈特,站在"联盟中学"的院子里,通过他手中的书的标题,默默无言地传递了一种思想——辨识自由。这种默默无言的传递远比他在小教堂的说教更加激情飞扬,比欧几里得那些数学定理更为灿烂夺目。

这将成为我智力成长的一种模式:稍纵即逝的片言只语,一掠而过的形象场景,常常在正式的课堂之外,却给我的生活留下了一个长长久久,有时甚至至关重要的印记。

9

这座避难所里的生活,并非总是那么诱人而欢快。一天,我正独自站在饭堂外面,突然有个同学跟我打招呼,还做出要跟我握手的架势。然而,当我伸手去握他的手时,他却飞快地缩回手,还大声骂道:臭崽子,你以为你是谁啊?我打算从他旁边走开,他却挡住我的路,骂我是臭小子。最后他放我走了,还训斥说见到高年级生得懂规矩。此事完全出乎意料,野蛮又丢人。在饭堂里,我找到肯尼思·万加,一位利穆鲁老乡。在家乡时我和万加并不很熟,但"联盟中学"把我们俩连在了一起。他当时正坐在另一位同学伦纳德·姆布瓜的身边,他们比我高一班。起先他俩哈哈大笑,还纳闷我怎么现在才碰上这种欺侮新生的老传统。

他俩津津有味地历数新生如何被迫替老生洗衣服、挨打,被赶到树丛里过夜、被逼交出所有定量供应的食物,还因拒绝交出而被推到火堆前炙烤……我听得目瞪口呆,他们却哈哈大笑。万加宽慰我说,那都是老早以前的事了。再说,我住二寝室,我和我这位朋友会保护你的。

他俩保护我的誓言并不可信,因为他们自己也欺侮人,而且只

1955年,"联盟中学"来自基安布区的学生:基玛尼·恩尤科(右前卧者),恩古吉(二排左三站立者),摩西·盖思瑞(中排左一),肯尼思·万加(后排左四)

要我辩论占上风,他们就不惜用臭小子这个可恶的字眼儿堵我的嘴。我明白,想活下去就得靠自己的聪明才智。我似乎中了那个拦截我的高班生的邪,后来我得知他名叫贝纳亚·马吉苏。我的运气真糟糕,偏偏在最想不到的地方碰上他。他会和颜悦色叫我站住,双手合十像是在祈祷,我就老实听话站住脚,以为他明理懂事,这回要向我道歉。可接着他就开始张开再并拢合十的手掌,命令我跟着他的节奏张合我的嘴巴。我不干,他有些丧气,但从此以后我就成为他的眼中钉。要是级长或别人路过,他马上装得若无其事的样子。我怒火中烧,却有苦无处诉。人家只不过要你跟着他手掌张合的节奏张合一下你的嘴巴而已,这等小事找谁诉苦去?他小心翼翼,并不触碰我的身体,所以我无法应对,只能躲着他。后来才知道,他其实性情和善,说他欺凌弱小倒不如说他故意如此。

在寝室里,新生就是臭小子和臭崽子,必须挫掉锐气,只准露面,不准发声。最爱欺负人的是二年级生,因为他们前一年刚受够了气。真是奇怪,时间上最近的受害者,叫苦连天的受害者,却是心肠最狠的加害者。我从来不明白,羞辱他人,尤其是羞辱弱者,有什么可开心的。我发誓等我升到二年级,绝不欺凌新同学,这个承诺我做到了。

10

几周之后,生活渐渐步入正轨。周一到周五满满的课程和校内各种活动。但周六上午大扫除后,下午很多同学就穿上鞋子和长袜,配上卡其布校服、短裤,打上蓝领带,离开了学校。家在附近的回家,其他人徒步去逛吉库尤镇的印第安市场。

这小镇从前是座火车站,1898年建造。与其他车站情形相似,印第安人率先蜂拥而至,摆摊经商,给大批铁路员工提供食品、服装、交通运输。车站有了自己的生命,铁路建设工程向前移动后也继续兴旺下来。

头几星期我没敢踏出校门,对再次光临吉库尤车站也没多大兴趣,不想提醒自己上一次是偷扒货车来的。但一个星期六,万加与伦纳德·姆布瓜邀请我和他们一起去,我觉得是时候迈出校门了。

一路走去,路倒不远。传奇般的昂迪瑞沼泽地就在我们左边,读过听过这片沼泽地的不少故事,亲眼见到它竟生出相同的敬畏。抵达吉库尤镇。我们身上的制服非常显眼,把我们与镇上人群区分开来,那些印第安店老板和非洲顾客好比本地土著,而我们就是探险者。

然而,一到商业街我才明白,大步前进、校服一致的学生们之间的差别其实不小。我一直跟着万加和其他人盲目赶路,以为不过就是徒步进城,看看热闹,然后再返校而已。可别人都开始掏钱买东西了,我们之间的平等顿时崩塌。我身无分文,只好跟从前在别的学校上学时一样,没得午饭吃时就离开大家,独自走开。

这里的店铺跟利姆鲁的相差无几。布店:老板脖子上挂着一条量布的长皮尺;杂货店:卖主坐在高凳上,嚼着树叶子,把伙计吆来喝去;还有其他店铺,兜售五花八门的食品和糖果,这些东西统统在容器里排列成行。可我连一杯茶,甚至连最廉价的一颗糖也买不起。我真该扭头返回学校,可又不愿孤零零地走完那条漫长的路。

看见别的新生朝我走来,手里拿着刚买的炸糕和其他东西,我急忙钻进就近的一家店铺走廊,等人家走过去。正要回到街上,忽听有人大叫我的名字。转身一看,发现一位非洲裁缝正对我绽开笑脸。我还以为你是来和我打招呼的呢!他边说边和我热烈地握手。难道不记得我啦?原来是伊戈戈。早在卡曼朴拉卜学时,他就因为受不了同学们的嘲笑不得不退学了,起因就是因为他的名字叫乌鸦。[①] 如今他已经长成男子汉,做了裁缝,从印第安老板手里租下一台"歌手"牌缝纫机,赚钱养家。我们聊起往日的好时光,避开不提把他赶出学校的那些不快往事。

你的好成绩也是我们的,他跟我说,一边塞给我些硬币好买吃的,一边说离不开店铺陪我很抱歉。不论啥时过来,你一定要来店里说说过得怎么样。没准儿我得空,咱们就一起喝喝茶,他还说。

---

① 在《战时梦》一书中我已讲过他的故事。——作者注

我真是感激不尽。我买了些糖果,也恢复了自尊,随即动身去找万加和姆布瓜,好一起按时回校赶晚饭。

突然,我发现人们四下逃散,这情景以前在利姆鲁遭遇过——是突袭!一大群全副武装,身穿迷彩服的非洲士兵在白人军官指挥下,跳下几辆从天而降的军用吉普,追赶那些消失在店铺里的人,声音刺耳地威胁着:"举起手来!趴下!"很快袭击者就遍布小镇,把百姓驱赶成堆。但奇迹总是发生。我们的"联盟中学"的校服好比一道神奇的面罩:猎狗对我们学生似乎视而不见。但终归回到校园里我们才安下心来。

11

校园生活继续着,新的发现一个接着一个。例如,神秘而等级分明的级长制,几乎就是殖民当局的翻版。教师会可能统管我们的学习,但校长却是通过级长们掌控整所学校。毕业班的同学,去年离校生的后继者们,就像无法企及的天堂上飘浮的大片智慧之云。他们不论走路还是交谈,都仿佛随身携带着厚重且地道的学问。

那些毕业离校的同学留下了他们的怪行、业绩和成就,甚至还有他们的大名,统统成为校园传奇。我们之前的毕业生中有个叫亨利·库拉的,他曾用斯瓦希里语创作和导演了一出戏《我爱你,但是……》。这出戏全部由学生完成,首演就在"联盟中学",后来走出学校到了居民区。库拉还创办并组织了本大区小学校的基安布音乐节,而且是在非常时期完成的这一切。

这听起来就像讲故事,不过音乐节在他之后却一直办了下来。而且1955年,音乐节就在山谷那边的火炬教堂①举行。路程不

---

① 火炬教堂(Church of Torch),属于东非长老教派,至今会众最多,影响最大。

远，于是我走路去看。参加那场歌唱盛会的学生来自不同小学，他们校服颜色各异，给我留下了深深的印象。传奇的音乐节创始者本人作为贵宾出席，可惜坐在我前面很远，看不清楚。但是没关系，真的是他本人。

1955年的音乐会是由库拉的接班人基玛尼·恩尤科组织的，现在读"联盟中学"四年级。基玛尼还追随库拉的文学足迹，创作和排演了一出戏《何为生活》，四月份首演博得满堂彩。基玛尼的辩才早有名气，现在又在自己的戏中出演主角。既当作家、演说家，又当演员，三大天分集于一身。

我以前对舞台表演的了解只是在芒戈小学时观看即兴喜剧小品，《何为生活》是我看的头一部完整长度的戏，规模和水准远远超过了我以前看过的任何东西。给库拉的传奇添彩的还有一笔，那就是他的戏使我从此对学生表演的努力充满敬意，也使我对戏剧终身感兴趣。

12

　　头一学期快结束时,我已经大大地改变了,但还是没有完全属于这里的感觉。不仅因为那些欺负人的家伙一有机会就继续无理取闹,还因为我各个方面毫无可圈可点之处。智力上,我时时明白 A 组的二十名同学都比我强得多。就连自己所在的 B 组,也不知能排上第几。虽说心烦意乱,但还是身不由己地被席卷全校的狂热裹了进去。考试在即!根本无须告诉我要考试了,看看同学们的学习态度骤然大变就会明白。不管走到哪儿,都会发现大家埋头书本,连那些欺负人的家伙也一样。

　　首场考试定在 4 月 5 日星期二。伴随着时间的逼近,我内心的焦虑也与日俱增。等到星期四考完最后一场,我更加垂头丧气了。其他同学议论考试时表现的神情令我心灰意冷,尤其是当我想起来要跟他们对答案,而他们又那么肯定他们才是对的时候。

　　不过,成绩终于出来了:亨利·卡西亚、我,还有希拉姆·卡拉尼,依次排在两组的最前头。我可以荣升 A 组了。我的所有科目,甚至连理科都不错,这使我的自信心大增。那些威胁过我的同学可能会挖苦说,那么多定理和公式我全靠的是死记硬背。不过他们的临场表现与他们炫耀的自信，确实不如我看到的那么好。

就这样，到 4 月 21 日学校大会散会时，头一学期就正式结束了。期待凯旋回村我有充足的理由。如今，我的自我感觉大为不同了。考试成绩让人心里好踏实。现在，我是一名真正的"联盟中学"学生了。我的卡其布短裤、衬衫、蓝领带、鞋子、长袜向世界宣布着这个事实。学校发给我的通行证可以向任何刨根问底的政府人员证明我的身份。一群嗜血的猎狗在校门外咻咻喘气，等着扑向我的想象已经渐渐消退，融入背景。"联盟中学"能够保护我不受伤害。但万万没有想到，我的村庄竟然如此荒芜，而卡密里胡的那一簇簇蘑菇般的茅屋竟然如此悲凉！

13

村有化,是殖民政府对老百姓进行国内强制迁徙的说法,于1955年突然向肯尼亚人民通告的。这件事发生在我读"联盟中学"的头一学期期中。但是我住在学校院墙之内,没有听说过房主如果拒绝拆迁,政府代理人就用推土机推倒老百姓的房屋、放火烧掉的情形。不论是否涉嫌"茅茅运动",所有人都被赶到一处公用地皮。一些地区政府还强迫老百姓环绕新的共同定居点开挖护村河,仅留一处出入口。整个肯尼亚中部地区遭到强制迁徙,生活的旧秩序遭到毁灭,借口就是要孤立并饿死那些藏身山中的反对殖民主义游击战士。

紧跟这场强制大迁徙的是强制土地集约。在不同地方拥有小片土地的个人或家庭,必须把这些地块连接在一起,但是老百姓对集约土地的位置却毫无选择权。那些山中居民和集中营居民无法到场核实他们的要求。这本来就是一场大骗局,结果常常是抢夺已然贫困者的土地交给相对富裕者,抢夺游击战士家庭的土地交给殖民政府。

当地村民离开卡密里胡村警卫哨所。百姓一夜之间被迫搬迁到此地，以便得到保护，不受茅茅游击队攻击，但实际上是为阻止村民在夜里给游击队员输送食物。

忠于政府者与其他人在新村建设上也是界限分明。忠于政府者占据了新村村头有波纹铁皮屋顶的房子，房屋之间的空地也很宽敞，而被视为反叛者的大多数无地穷人却挤在泥巴糊墙、茅草盖顶的圆形小屋里，小屋之间几无空隙。忠于政府者多为基督徒，相对富裕，教育程度也高，以父母孩子为核心的小家庭不受影响，而农民、工人的家庭通常只剩下母亲和孩子。

这些新村简直就是集中营的乡村翻版。集中营里依然关押着成千上万的民众。自1952年宣布进入紧急状态以来，那里的人数还在逐年增多。集中营里关押的主要是男人，而集中村里则主要是妇女和儿童。这两种集中有许多共同特点。

最鲜明的特点是那些瞭望监视塔。这些瞭望监视塔一般建在制高点上,塔顶飘扬着英国国旗,象征着征服与统治。

在持续不断监视下,集中营与集中村的居民不论忠实与否,不论白天黑夜,任何时候都可能遭到拦截和搜查。实际上,这里已经完全抹掉了监狱、集中营和集中村之间的区别。

14

在这个新的集中村,我的家人住在一座泥巴小屋里,被褥就铺在地上。我不知道妈妈用什么法子给大家对付一日三餐。妇女只能在指定日子的指定时间下地干活,或为有钱人打工。我妹妹恩佳吉和我嫂嫂凯瑞蒂时不时还得去欧洲人的茶园打工。

更加糟糕的是还有大限的传言。1955年1月中旬,巴林总督[①]提出大赦所有愿意投降的茅茅游击战士。大赦的条件是——与1954年以来数次谈判的失败条件一样——政府对游击队员获得土地与自由的政治诉求寸步不让,许诺他们不上绞刑架,但必须坐大牢。不论大赦还是谈判,殖民政府都拒绝把茅茅运动视为合法争取政治权利、反抗殖民统治的民族主义运动。数架飞机低空盘旋,往大山和村庄播撒传单,威胁游击队员若不接受条件,将遭受不予透露的后果。在新村的茅屋间,这些威胁传来传去变得更加恐惧。

---

① 巴林总督(Evelyn Baring,1903—1973),英国男爵。1942—1944年任南罗德西亚总督,1952—1959年任肯尼亚总督,任职期间肯尼亚爆发了著名的茅茅起义。

我认真地看了大赦令及其他恫吓的文字,因为这与我的哥哥有关,古德·华莱士就在大山深处什么地方作战呢,我担心他的性命难保。整个假期,末日的气氛笼罩在全家的头顶上,更加难受的是——至少我感觉——大家对此几乎闭口不谈。看见哥哥的妻子凯瑞蒂对威胁恫吓如此淡然处之,我感到很奇怪,不过也许是她故作镇定吧。日子过得真是愁云惨淡,人心惶惶。三个星期的假都到头了,我也没有机会去见肯尼思谈谈他的书。

3月12日,我回到"联盟中学",开始了在"避难所"的第二个学期。那个自己也曾参加修建的新村社区的监狱般的景象一直困扰着我,为我的哥哥及其战友蔑视劝降即将大难临头的担忧一直重压着我。从此之后,我的生活将在一个不断提醒我的家园失落的家中度过,将在一所虽然提供保护但却缺乏家的那种踏实感觉的学校里度过。而这两者——真够讽刺的——都是殖民主义的产物,我担心就连它们也随时可能会发生碰撞,粉碎我的诸多梦想。

15

　　一月份我头回到"联盟中学"上学时,爱德华·凯里·弗朗西斯正在休假,他的缺位令人感觉很强烈。高班的同学说起他来都神秘兮兮,管他叫"海尤拉"或"基海尤拉",想象中他就是一头掉转身体进攻时雄姿勃勃的大犀牛。说起"联盟中学"的那些故事,他常常就是参照系。不论何处,休息时在寝室,吃饭时在饭堂,课间休息在教室,高班同学都会议论纷纷,说自打凯里·弗朗西斯于1954年2月回英国度假,学校的什么什么就变得松弛或过于放松了。还说到各位老师的太太们,她们个个打扮得花枝招展,尤其在礼拜天,同学们就说她们好比严厉的父亲不在家时行为放肆的一群小丫头。其他人也会用斯瓦希里语随声附和——等着瞧猫儿回家耗子怎么办吧!有时同学们还模仿凯里·弗朗西斯心情不同时走路的不同步态,尤其爱模仿他发现哪个老师或同学做他不准许的事情时的愤怒神色。他们大惊小怪,说谁也休想逃过他的眼睛:他认识学校里的每一个学生,整整两百名呢,统统叫得上名字。不,他认识自1940年他掌管学校以来所有读完"联盟中学"的学生。以我的想象,他就好比一个巨大无比的未知数。

第二学期刚开始的一天,万加、艾伦·坎迪·吉瑞和我午饭后离开饭堂时,我发现有个人穿着一件卡其布猎装,加上短裤长袜,在阳光下一面穿越田野,一面逗着一条狗。他把一只网球大小的圆球尽力抛向远方,那狗则奔过去把球叼回来。那就是"海尤拉"——万加告诉我——凯里·弗朗西斯,其他人齐声说。5月21日,他从英国回来了,这是我假期返校后的第九天。他的样子不像我想象得么可怕呀。你就等着瞧吧,万加说。

很快我们就体会并目睹了他回校后的影响。在教员和学生中,一种新的快捷守时与小心自律明显可见,仿佛谁都不想被抓到而乱了阵脚。不过,我说不明白这种无事自扰到底为什么。

然而,一个星期天,在去小教堂晨祷前的检阅中,我就亲眼目睹了诸多传闻中的那种雷霆之怒。检阅伊始便兆头不好。凯里·弗朗西斯身穿灰色套装,脖系蓝色领带,站在我们对面,其他老师及他们的太太也站在我们对面。众人正在等待检阅仪式开始,这时稍稍迟到的欧洲人夫妇金斯诺斯先生和太太从他身边走过。金斯诺斯太太的裙子底边露出一截腿,比其他太太露得多了一点,浑身的香水味扑鼻而来。

霎时间,凯里·弗朗西斯的鼻子气得冒烟,呼呼喷气,舌尖顶住面颊,在紧闭的嘴巴里从一边滚向另一边,仿佛在滚动一只小球,于是乎从左到右,两边面颊轮番鼓起一个包来。他开始狠狠跺脚,左——右——前——后,还不时兜着小圈,就好像——我不得不承认——一头公牛即将发起进攻,每一步扬起的尘土都在展示着他的暴怒。他的裤腿也跟着来回摆动,仿佛同样怒不可遏。

同学们管这叫踏步走。一时间,我以为他脚下的大地都会塌陷下去。令人惊诧的是,虽然教员和高班同学们似乎不知所措,但他们已经领教过这种雷霆之怒,于是便静静地等待着风暴过去,或者至少平息下来。

不过这一回,结果大大出乎他们的预料——校长的喘气和跺脚与天上的雷电相呼应,一场大雨倾盆而下!前往小教堂时级长们还试图维持队形,但很快老师们、太太们就跟着大群学生朝神的避难处狂奔而去。待所有的人终于在长椅上落座后,凯里·弗朗西斯已然变得和颜悦色,开始向大家朗读《天路历程》[①]中基督徒拜访讲经堂,被带进一座灰尘扑扑的大殿堂的那一段。打扫时尘土飞扬,旁观者们险些被呛死。这时一名妇女就朝地板上洒水,于是安然无事:

> 那时基督徒便问:"此为何意?"讲经者答:"此堂便是人心,从未沐浴上帝福音的恩典,洗清罪孽。尘土即玷污人的原罪与内心腐朽。那起先动手打扫大堂者即法律,那运水、洒水者即福音。"

以这段开头,凯里·弗朗西斯口若悬河,尽情挥洒。他把"联盟中学"比做讲经堂,在这里,我们从外面世界带来的尘土将被品行良好的法律和基督徒仪式的福音浇灌。整个讲道期间,他不时提到侍奉上帝。不过,他补充道,唯有耶稣以其怜悯,能恩赐我们尘世的苦苦挣扎以福祉。

礼拜堂的这番说教仿佛是那场大自然暴风雨教训的适当延续。但众人议论不休的主题却是弗朗西斯之前为何大发雷霆。什么事引起的啊?是那对迟到的夫妇,有人说。凯里·弗朗西斯痛恨迟到,想要老师们做楷模。不是,另一些人否定说,是那个女人的香水、裙子和裙边高度。他厌恶过分。不,不关过分的事,他瞧不起女人。他凡事与众不同,难道不是吗?有人问。话题扯远了,

---

[①] 指英国作家约翰·班扬的宗教喻世名作,主人公名为基督徒。

脱离了校长的暴怒与讲道,延伸到他的整个生活。他怎么会在1928年放弃堂堂剑桥大学数学讲师的职位,屈就非洲一所破学校的校长?难道就为侍奉上帝,响应使命的召唤?才不是呢,另有缘故,私人的缘故。哎呀,对了,他是情场失意。

据说,第一次世界大战期间,凯里·弗朗西斯在英法两国打过仗。当他从战场归来时,却发现甜蜜的心上人转而去甜蜜别人的生活了。他破碎的心不再关注女人,转而宠爱他的狗,全心侍奉上帝,唯有这两样东西不会背弃他。他聪明机智的心灵也从绿草坪上优哉游哉的贵族生活,转而关注自我牺牲以及对非洲荆棘丛林的全力奉献。不论是真是假,这个战争与爱情的故事似乎都合情合理地诠释了这个男人,这个1897年9月13日出生于伦敦亨普斯特德、在威廉·埃利斯学校和剑桥大学三一学院读书、在数学优等考试中荣获高级甲等数学学位的男人,为何抛弃一切,来到异国他乡一所尘土飞扬的学校,白手起家,开始一种新生活。

1940年,凯里·弗朗西斯来到"联盟中学",走马上任战时校长,立即动手推行严格纪律。他不喜欢前任格里夫斯的古老体制,决心推翻,以他自己的形象重建"联盟中学"。在新体制下,变化天翻地覆,犹如一场革命,头一件事就是去掉学生长达膝盖的卡其布短裤、紫红色平顶毡帽及其黑流苏,换上普通的卡其布衬衫和短裤。他解雇不服从的教师,尤其是非洲教师,其他老师表示抗议便纷纷走人。

学生们怨声载道,因为他们不但失去老师,更是失去了挂黑流苏的紫红毡帽。不过,使新校长与学生之间的矛盾达到顶点的,是弗朗西斯号召学生在指定的园子里种植蔬菜,以便对英国的战争努力做出贡献。新校长刚刚张贴的布告就被人撕掉了,但没人站出来承认自己放肆,也没人告密揭发他人。

凯里·弗朗西斯的应对措施就是开除加鞭答,所有的学生逐个重新录取,条件是必须写检讨认错,保证服从新颁纪律的各项规矩,被抽完鞭子还得说谢谢管教,先生。他利用这场危机重建了学校的日常管理,把教学与管理或者说教室与宿舍分割开来:教师依然主管教学及相关活动,但学生级长制将负责教室以外学生生活。校长当然是全部教学与管理等级制的最高领导。于是,这位严肃法纪者的传奇横空出世,随后又添上战争、爱情和魔法的色彩。

有一次,凯里·弗朗西斯步行穿过离学校不远的一个村子时,停下来和一群非洲娃娃聊天。他要一个孩子给他看看他手里拿的硬币。结果众目睽睽之下,凯里·弗朗西斯竟然使硬币消失不见,随后却发现硬币到了另一个孩子的耳朵后面。娃娃们等不及发生更多的奇迹,就屁颠屁颠地跑回去,向家人报告这种不可思议的魔法和这个白人了。

一个星期六夜晚,我亲眼见证了校长所展示的魔法。简直无法相信,舞台上那个人就是我自以为认识的严厉的校长大人。一次又一次,他让纸牌和高尔夫球在空中消失不见,接着又不知打哪儿冒了出来。最惊人的是他竟从自己的帽子里拉出一些兔子和鸽子!不过表演结束时,也许是想起了在那个村子里玩硬币的小插曲,他认真地解释说自己只是在变魔术,而不是施魔法,他的动作只是变戏法而已。这是我平生头一回见识变戏法,以后的岁月里,不论何时看到职业魔术师更为惊人的特技,我都会想起第一次在"联盟中学"观看爱德华·凯里·弗朗西斯表演的那个夜晚。

后来,我对他朗读的魔力更是佩服得五体投地。有一回,在一次星期五大会上,他给大家介绍了一本书,是杰罗米·K.杰罗米的《三人同舟》(没提那只狗),说的是一次泰晤士河上的航船之旅。起初我还怀疑自己连船都没见过,怎会乐意听河上一条船的故事？但他一开口朗读，我就发现自己被那些幽默可笑的考验和磨难迷得神魂颠倒，还有那些用没削皮的土豆、卷心菜、半配克豌豆、半块肉排、一点儿煮过的凉火腿、三文鱼冻以及别的剩菜煮爱尔兰炖菜的开心事，太好玩了。

  听他读完几个片段，我已经笑得前仰后合，陶醉在自己于陌生的河上航行之旅当中了。那一刻比那天晚上看他变戏法更觉得神奇。我发现他法力无边，不同形象竟然集于一身：既可能腮帮气得暴鼓鼓，双脚跺得咚咚响，电闪雷鸣，又可能玩笑戏谑变戏法，还能把1889年出版的一本老掉牙的小说读得栩栩如生。

16

凯里·弗朗西斯不给低年级上课。他形象高大,无处不在,能轮番制造愤怒、激情与快乐。要是他能教教我该多好啊!可惜我只能在礼拜堂和周五的集会上听他讲道。每当这时候,他会评论时事——国家的、大洲的、国际的,以这种方式与整个学生群体始终保持联系。

1955年丘吉尔辞去保守党首相一职。此事在凯里·弗朗西斯休假回校之后,迅速成为这类集会的话题。丘吉尔是一位世界性的政治家,即便在他职业生涯中曾经改变过政见,也同样能证明他人格的独立:他更忠诚于道义而非政党。周围人人张皇失措,他却保持头脑冷静,团结世界,打败希特勒。当那个恶棍向全世界许诺以天堂之际,他却警醒世人:只有"流血、苦战、泪水与汗水"。1941年,在英国战舰"威尔士王子号"上的一次秘密会谈中,他与罗斯福总统结盟,签署了《大西洋宪章》,此举将那场战争的目标,从仅仅击败希特勒转向了争取人类自由,重申了人民在自己选择的政府领导下生存的权利。

丘吉尔的演说信念非常坚定,人们很容易被其论断冲昏头脑。

但在我内心里，恩甘迪①的警钟一直长鸣，他是我早年敬爱的精神导师，他笔下的丘吉尔有所不同，那只是一个维护大英帝国利益的斗士。恩甘迪还曾控诉丘吉尔忘恩负义，允许巴林总督在肯尼亚宣布紧急状态，派出英国军队镇压那些曾帮他抗击希特勒而如今渴望自由的肯尼亚人。正是丘吉尔所属的保守党，在肯尼亚重建了希特勒式的集中营。恩甘迪也许已经从我的生活中消失了，但他看待世界的角度，对权威自诩正确的质疑，一直与我同在。我不需要恩甘迪和我一道列举帝国主义在肯尼亚全境设立集中村的罪恶清单，我自己就刚刚从一个集中村回来。丘吉尔已经让我失去了家园，这种失落潜藏在我的心底，生发出更多的恐惧，那是生命会被意外中断的恐惧。

6月10日，这个巴林总督颁布的最后期限，威胁着我在"联盟中学"的第二个学期，同时又因无法与任何人分担我对哥哥古德曼·华莱士生命的担忧，这种威胁更是变本加厉。

不过，生活与求学天天诸事繁多，足够分散我的注意力，使我尽量不去想新村、大限和大山里哥哥的事，少了些许烦恼。到了8月4日，第二学期结束，我再次回到村度假时，大限已至而且过去了。但我的家遭到了重创：我母亲曾被关进民团驻地受审。至于经历过何种折磨，她几乎只字不提，而且我感到家人有更多事在瞒着我，免得我知道了徒添烦恼。他们把我当做外人，认为我承受不了太多严酷的现实。其实，家人小心呵护带来的疏远反而使我更难承受。

宣传造势的飞机已经停止播撒传单，但国家加强了对肯尼亚山区的狂轰滥炸、对城镇乡间集贸市场的突然袭击、对群众的大规

---

① 参见《战时梦》。——作者注

1953年内罗毕东部地区一次扫荡行动中被英国士兵围捕的嫌疑人

模抓捕和绞刑示众。这类凶险时常发生,似乎已融入新村的生活,咄咄怪事反而貌似正常。但是这种所谓的常态,绝不能减轻茅屋上空飘扬的蓝色烟雾带来的悲伤。

8月4日我再度回校,第一学年的第三学期,也就是最后一个学期开学了。教师中有了一点变化,阿兰·奥戈特老师走了,新来了一位 A. 基莱鲁老师。课程按部就班地继续着,但是就连这一点点的变化也威胁着我对这座避难所怀抱的希望。

17

　　第三学期毫无第一学期初来乍到的那份好奇与期待,也无第二学期弗朗西斯式的各种激动人心的戏剧性事件,但总归隧道尽头曙光可见,一年级就快结束了。目前这种处处难被老生容忍,一路饱受他们欺负的状态即将到头,考试的狂热远比以前任何时候都更为紧张,凸显着期末的来临。对我来说,还有第二年必须保住A组前十名的压力。我并不期待学年结束或者企盼离开这些校舍几个星期,备考的紧张把我的思绪从大门外那群伺机以待的猎狗身上引开了。

　　自修室总是人满为患,院子里、树荫下,到处是埋头看书的人群。就寝时间抓到越来越多的同学打着手电在毯子下面看书。学校里忽然书虫遍地。这时欣闻莎士比亚的《皆大欢喜》正在排练中,甚至还有毕业班的同学参加,真是令人喜出望外。

　　"联盟中学"戏剧社创立于1939年。到了五十年代,每年的固定剧目必有一部莎士比亚的戏,1952年是《亨利五世》,1953年是《麦克白》,1954年是《裘里斯·凯撒》,这些剧目已成为学校口头传奇的一部分。老生们一提起约瑟夫·穆盖扮演的麦克白就一赞三叹,他说完那句"我手里握的可是把匕首?"的台词下场后,浑身乱颤,似乎手里依然握着那把血迹斑斑的匕首。戏演完后,他满脸是泪,仿佛到处洒满了鲜血。表演后的一个星期,他依然落落寡合,沉浸在角色中,仿佛被自己的刀下鬼死缠不放似的。

穆盖已经离开"联盟中学"去麦克雷雷上大学了,但他的《麦克白》留下了深深的烙印,甚至还激发了摩西·盖思瑞,令他一大早起来就嚷嚷:"我若在一小时前死去。"这句台词曾经把我吓了一大跳。我盼望着能观看《皆大欢喜》,希望舞台上时常上演些类似的剧目。

饭堂变成了礼堂,椅子统统面向舞台,舞台前沿做了扩展。阿卡迪亚倒真像座森林,演员们身穿绚丽多姿的服装在林中游荡。男女角色都由男孩子来扮演,与莎翁时代一样。眼看着长裙、耳环、头巾把男孩子变成宫廷美女的情景,真是令人着迷。同样令人着迷而诧异的还有身着十六世纪英国服装的阿卡迪亚人,他们嘴里念念有词,吐着五步抑扬格。但是表演缺乏社会真实感,也与当地历史没有相似之处,只是虚构他国的种种历史场景,毕竟年代和距离都太遥远了。"整个世界就是一座舞台,所有的男男女女不过是演员罢了,他们各有出场时,也有退场时……每个人一生中扮演着不同角色。"①听着扮演忧伤雅克的姆旺基·卡蒙戈讲的台词,我眼前倏忽闪过一个巨大村落般的古老世界,无数的蜿蜒小径通往四面八方,伸向遥远的地平线。

我紧跟情节,聚精会神,边听边看,从布景到台词,到服装,到步态,一切都激起我丰富的想象。我情不自禁地将那对阿登森林的流浪者比做我的哥哥古德·华莱士,他或许正在尼安达鲁瓦、肯

---

① 引自莎士比亚戏剧《皆大欢喜》第二幕第七场。

1955年"联盟中学"上演莎士比亚戏剧《皆大欢喜》的剧照

尼亚山或者任何他如今栖身的山林中游荡。我想象游击队员们在树上刻上印记,留下暗号,阅读天空撒下的传单。但是,走神的思绪并不能把我从首次观看莎士比亚戏剧的愉悦中带走。这出戏的大团圆结局会不会是个好兆头呢?不过细想之后,又觉得可能会带来另一种可能。

我的游击队员哥哥的形象以及对他的思念常常突然出现在脑海,任何联想都有可能唤起这些思念,但奥迪斯给我的联想最多。自从那次他带我们去他家上第一节课以来——我忘不了,他曾经是肯尼亚警察预备队成员,他也许曾经和我哥哥是面对面的敌人。奥迪斯为人和气,我无法想象他与任何人开枪交火。不过得知奥迪斯十二月份就会返回英国时,我还是宽慰不少。

我的首次年度讲演日是一场有嘉宾、有演说、有获奖的盛会,这正式宣告我在"联盟中学"的第一学年结束了。我们全班同学都不得不拼命追赶亨利·卡西亚,而我成功地保住了第一名的位置。我要把这份成绩带回给妈妈。她也许不懂 A 组和 B 组的区别，但我可以向她保证，我已努力做到最好了。

假期 12 月 10 日开始。乡亲们适应集中村新生活的能力真是不可思议，至少表面如此。我也要尽力而为。我弟弟恩金竺经常伴我左右，所有狭窄的新路他都了如指掌。他和我带着大砍刀和长柄锄，走远远的路和妈妈一起下地干活。一路跋涉招来了妇女们难以置信的目光："联盟中学"的学生居然也下地，一双写字的手还不被泥土弄脏了！其实，泥土有助于我适应环境。妈妈耕作的田野与她以前耕作的地没什么区别，在那里干活：拔草、砍树、培土，大嚼她的野火烤土豆，不由得让人想起了往日的生活和失去的一切。傍晚回村的路上，忧伤又悄悄地袭上心头。回到茅屋后，田间劳作的回忆，偶尔听说的新闻，会使我恍恍惚惚回到从前的家园，但这幻觉很快就被现实撕得粉碎。

就在圣诞节前夕，我哥哥的妻子凯瑞蒂被抓走了，罪名是给山里的游击队员收集食品和衣服。我从没见过她收集食品和衣服，家里人自己吃的穿的都不够，也不清楚她怎么会有时间去做这些。现如今，我哥哥远在深山老林，我嫂嫂又被关进臭名昭著的"卡米提重度警戒监狱"。唉！严酷的现实盗走了我圣诞节的欢乐。

1956 年

灵魂争斗的故事

18

　　我迫不及待地盼望1956年1月18日快快来临,好重返学校那座避难所。头一年我几乎没受什么外界干扰,除了缺一张许可证险些无法进校那件事。因为政府规定,凡来自吉库尤、恩布、梅鲁居住区的所有人乘火车或任何公共交通工具旅行时,必须携带一张书面许可证。除此之外,那张许可证在校内没有任何用处。但到了第二年,外界的触角便伸进了校园。

　　我们刚刚安顿下来,几名政府官员就进校采集指纹。学生们被要求持有身份证。每次见到官员我就感觉胃部抽筋。整个过程顺利完成,但殖民政策更迭频繁,身份证很快就失效了,取而代之的是护照,一种国内使用的护照,就像南非种族隔离区使用的那种。相关地区的每个人,每次通过相关区域都要在护照上盖章。获得护照的标准又被提高了:持照人必须彻底接受审查,确保不曾宣誓效忠过茅茅组织。

　　1956年3月,一群审查官进驻学校,耗时两周,面试来自吉库尤、恩布、梅鲁地区的教师、学生和员工。轮到我时,却被认定应该去利穆鲁接受审查,我还必须带回一纸当地政府的盖章公函,证明

1956年，利文斯通舍成员：舍监大卫·马丁（二排中），舍监助理本·奥古图（紧挨马丁，二排中），恩古吉（一排右二站立者）

我的清白。而加盖公章我又必须出示一张我家所在地长官的放行证。此事必须在学期休假期间办妥。

这样一来，我不但不能安度二年级的新生活，反而被这座避难所所困扰；我忧心忡忡，害怕得不到放行证。我家所在地的长官是出了名的狠心肠。他知道我哥哥在大山里打游击，而我嫂嫂也在坐班房。看不出他怎么会给我一纸政治可靠的放行证，这种恐惧折磨着我，困扰着我，而我又无人可以倾诉。虽然万加和我都来自利穆鲁，但我们两家人在反抗殖民主义的斗争中却是对立的。

有一回，我差点就向塞缪尔·吉特基吐露了心事。吉特基和我同班，常在一起说说笑笑。他性格温和，朋友多多。但他身上有种东西是悲伤还是孤寂，我当时琢磨不透。一次，我俩午饭后并肩出去在院子里瞎转悠。正想告诉他我的揪心事，他却突然大扯起糖来了，说他肯定得了糖的病，还很严重。可当时我不懂：我们还没学过 diabetes——糖尿病这个词,他看起来身体很好。他友善面孔背后的伤感使我无法开口向他诉说自己的苦恼①。

我想到了我的老师们。他们会如何对待我家的这些消息呢?他们也许会把我这个茅茅游击队员的弟弟送交给警方。我渐渐成长,被这样一种理念塑造成人,即一块白色巨石与一块黑色巨石相互倾轧。所有流行歌曲都在唱着这个。就连土地的特性都在一争高下:"白人高地"②对抗"黑人乡村"③。后来出任肯尼亚首位总统的乔莫·肯雅塔写到肯尼亚时,曾将它称为一片冲突的土地,这当然是指黑人与白人之间的冲突。这些手握粉笔似乎全心致力于我们头脑福祉的白人老师到底是谁呢?这些与白人老师一同任教,同样致力于我们的头脑福祉的黑人又是谁呢?他们如何适应这种白人对抗黑人的模式?

甚至在战争、集中营、集中村的恐怖当中,"联盟中学"的几位非洲老师也一直是我们做人的榜样,可惜他们任教的时间常常太短,来不及对他们多加了解。见到最多的就数约瑟夫·卡瑞基老师了。他是个老校友,1954 年就入读"联盟中学",1949 年就成为校队队长,在他去麦克雷雷大学上学之前,这所学院刚刚成为一所颁发学位证书的伦敦大学海外学院。1954 年,他有幸成为麦克雷雷大学首批获得学位的十三名学生之一。他天性随和,人见人爱。就连凯里·弗朗西斯也对他格外宽容。星期六下午的草地网球赛

---

① 离开"联盟中学"后约一年,吉特基死于糖尿病。——作者注
② "白人高地"(White Highlands),指 1904—1959 年英国殖民时期肯尼亚中部欧洲人居住的地区,因该地区土地肥沃,种植条件良好,气候温和,吸引了大批欧洲殖民者。
③ "黑人乡村"(Black People's Land),1902 年,肯尼亚殖民总督查尔斯·艾略特爵士留出利穆鲁最好的地产作为"白人高地"的一部分,只提供给欧洲人。非洲黑人被移民到较差的地区,作为"非洲保留地"。——作者注

恩古吉（右）与塞缪尔·吉特基（左）在"联盟中学"室外草地上

上，卡瑞基与白人女士以及来自女子学校的老师们的激战场面真的很好看。他和女士们都穿白色网球服，相似的网球鞋，但他下身穿短裤，而女士们穿短裙，不过裙底边可远在膝盖之上。每次比赛结束，就看到卡瑞基脚下发沉，和他的白人球伴一道回宿舍。也许是因为凯里·弗朗西斯自己热爱网球和板球，从没见他对人家的短裙火冒三丈。

在其他方面，活泼迷人的卡瑞基也能把限制的底线推开去。作为周末值日长管理校务时，他会给我们播放其他老师不给我们看的激动人心的世俗题材影片。

虽然他教的是草地网球和文学课，而他真心喜爱的却是音乐。他强烈主张，音乐本身虽不是主课，但却是通向文学尤其是诗歌的途径。一有机会，他就播放欧洲古典乐曲，贝多芬、莫扎特和巴赫。

他还说贝多芬创作第九交响乐《欢乐颂》时,身体衰弱,耳朵全聋,引起大家怀疑的哄笑。他要是真聋怎么听得见自己写的音乐呢?凭感觉呀,卡瑞基会说。他的心灵和头脑能感觉。音乐是在心中激荡然后才被声音捕捉的。闭上你们的眼睛,回想一下熟悉的旋律:难道你们听不到无声的律动吗?

卡瑞基还负责学校的唱诗班。正是在美国南部黑人圣歌演唱中,他把音乐与诗歌最为完美地融为一体。由于学校最初采取的是美国南方黑人学校的模式,故南部圣歌在"联盟中学"一直非常流行,不过卡瑞基把它提升到了一个新的高度。他并不多谈南部圣歌的政治内容,说得更多的是它的背景,是种植园里奴隶们的求生本能,让这音乐通过自己的语言直接向我们倾诉。卡瑞基充满活力与热情的气势,使得最持怀疑态度的人也开始相信音乐,变成南部圣歌的热烈支持者。不论卡瑞基是否有意为之,南部圣歌中反抗压迫的诗意与寻求解放的音乐,在被紧急状态统治的肯尼亚上空发出雄浑的回响。当人们听到学校的唱诗班在他的领唱下放声高唱"啊,自由,请给我自由吧,在我沦为奴隶之前;我将被葬在我的墓中,回到我主的家园,获得自由"时,怎能不满怀对我们切身自由的强烈渴望?

也许我可以向卡瑞基诉苦。他会理解我的。但不论在教室里还是教室外,他从不公开把音乐与外面世界的恐怖相提并论。我们也不提。我们各自沉吟,只交换对诗歌格律和音乐旋律的看法。

19

总的来说，我们那时的"联盟中学"也从地方现实生活中概括和汲取知识。但以前并不总如此。建校早期曾有过一些大胆的尝试，把学校的职业训练与地方知识相关联。那年头农业是主课，研究本地树木和水果、牲畜印记代表的意思、养蜂、做黄油等等，都是教学的一部分。与地方技术有关的努力成果还有多次组织参观当地的铁匠铺，让学生们学会如何造锻炉与炼铁。教师被要求至少学会一种非洲语言，班图研究与公民学学习还纳入了一个实用项目——制作非洲传奇、谜语、谚语和民歌的录音。

但是，由于专科学校这方面逐渐占了上风，对地方知识的重视便逐日下降。1948年，麦克雷雷大学开始开设来自伦敦大学的学位课程，中等教育渐渐成为上大学的学前准备，"剑桥学校证书"成为通向学术天堂的途径。到1955年我入读"联盟中学"时，早期这些对地方知识宝藏的发掘与收获几乎已经全没了，只剩下了木工手艺一项。

我们的文学课也一样：英国课本是规范，欧洲课本作参考。不过，1956年卡瑞基接替詹姆斯·史密斯后，文学课变得好玩起来。除了规定的教材莎士比亚的《麦克白》之外,他又增加了爱情十四行诗。这些情诗受到我们的热烈欢迎,大家觉得,无论在现实中还是在想象当中,爱神丘比特的悄悄话对唤醒年轻人的心大有裨益。没过不久就有同学声称,在一个阳光灿烂的午后,他用莎翁十四行诗第十八首向一位"对面的姑娘"献殷勤,取得了不便细说的好结果。

在一年级第一学期时,我曾对毕业班同学时常挂在嘴边的"对面的姑娘"大为好奇。这个名字令人想到来自不同星球的仙女,她们不时从天而降,来到一座绿草如茵的山谷,施展魅惑,勾引男人。这座山谷的秘密还是万加告诉我的。

虽然"联盟中学"早期主要招男生,但也招女生。最早的女毕业生是恩雅卡比,她后来嫁给了她的老师埃立德·马修。马修是获得BA学位的第二位肯尼亚人,是首位得到"联盟中学"教职的非洲人,首位在立法会议中代表非洲人利益的非洲人,也是殖民行政会议的首位非洲人成员。最后一批女毕业生中有丽贝卡·恩乔,一位能力惊人、魅力十足的演员;她1951年出演"联盟中学"的作品《持灯女人》,多年后在妇女教育方面影响很大,还成为先锋小说家、剧作家、国际公认的蜡染艺术家。即便如此,学校女生的数量一直很少——从1938年开招女生到1952年最后一批,这么多年平均每年只有五名。

女性中等教育的形势于1948年发生了变化,这一年开办了一所专招女生的"联盟中学"。两所联盟中学实际上在同一座山谷的两头,所以同学们就把对面学校的女生叫做"对面的姑娘"。在男孩子们看来,对面的女生就是一群山林小仙女,住在薄雾笼罩的山谷那头,唱着温柔而难以抵挡的塞壬①之歌,那歌声能使幸运者

---

① 古希腊传说中半人半鸟的女海妖,惯以美妙的歌声引诱水手,使他们的船只或触礁或驶入危险水域。

充满甜蜜的希望,也能使不幸者堕入痛苦的险境。男生们几乎所有的爱情故事从头到尾都与对面那些仙女相关,真不知该不该相信。好啦,才第二学年,就有同窗发誓,他从那座绿色山谷回来满载的是希望而不是痛苦,靠的就是一首莎士比亚十四行诗。他的成功令众人欢欣鼓舞。大家都把那首十四行诗背得滚瓜烂熟,结果学校每条走廊下面都有人装腔作势、抑扬顿挫地念念有词:"我可否把你比作夏天?你比夏天更美丽更温和……"然后提高嗓门,"你永恒的夏天将没有止尽,你拥有的美貌也不会消失。"最后两行的表演还得信誓旦旦:

只要我还能呼吸,眼睛还看得见,
我就能长久地活下去,并且给你生命。

我虽然从未向任何"对面的姑娘"一试这首情诗的魔力,但诗行本身的魅力毋庸置疑,尤其是当卡瑞基表演朗诵的时候,他的才华把诗行的戏剧与音乐效果挥洒得淋漓尽致。1956年,在一间肯尼亚教室里,他使莎翁十四行诗成为文学作品万古流芳的一个范例:一群非洲黑孩子在朗读着一位1616年已然辞世的大诗人生前远在英国埃文河上或伦敦街头写下的诗行。

20

即使这样,卡瑞基也无法使我对英国人三百多年来对鲜花与季节的痴迷热情洋溢,因为肯尼亚一年到头阳光灿烂,植物繁茂,从来不缺的就是鲜花。

我被文学的魔力紧紧地抓住了。文学令人哭、令人笑,能激发人的一切喜怒哀乐,但这些情感无一例外植根于英国时代与地域的沧桑巨变,其结果反而更增添了我失去家园的失落感。世上的每朵鲜花并非都属于华兹华斯笔下那一大片金色的水仙。肯尼亚的植物、动物、雨季、旱季,同样能提供捕捉艺术永恒魅力的意象,但我们在教室里却感受不到这些意象。

通过教学内容与教学方法,强化以欧洲作为人类经历参照物的倾向在其他科目中同样严重。地理课上,主要讲的是欧洲的地形、山脉、河流以及工业布局,而非洲的同类项当然只能作次等参照。关于泰晤士河,小学我就学过了,如今再增添了欧洲其他文明流域的知识——塞纳河、多瑙河、莱茵河、卢比孔河——作为早期商业与贸易的地方。而非洲的河流——尼日尔河、尼罗河、刚果河、赞比西河——统统是被欧洲人发现的,不能作为文明遗址的原因多多,当然除了尼罗河三角洲,但就连那一点也只能是地中海与小亚细亚文明的一部分,因为中东地区当时就叫这个名字。

历史课上,我们被带领穿越十六、十七世纪的英国,赞叹一大群勇敢的英雄,就连非洲历史也主要是欧洲人在非洲的历史。利文斯通、斯坦利、斯皮克、伯顿等人是给一片黑暗的非洲带来光明的传奇使者。他们是心灵高尚的商人,穿越险象丛生的森林,仅凭手里的一本《圣经》,启迪蒙昧,赶走邪恶。在有关非洲与美洲殖民地的叙述中,只有西班牙人和德国人相互厮杀,血流成河,而英国人却战胜了大自然与人类的种种挑战。甚至在奴隶贸易的叙述中,英国人也以他们反对奴隶制的诸项法规,作为废奴运动的英雄,而并非早期扩张主义恶棍的面目出现。

我们的老师巧舌如簧,能把历史事件讲得活灵活现,但与别的学校老师一样,遵照的都是"剑桥大学考试委员会"制定的教学大纲。我不相信他们是故意歪曲历史,他们只是从一种帝国主义者的角度讲述他们认为客观的非洲历史。我们死记硬背笔记、史实、观点,一切的一切,因为当时我们就明白,正确回答那些常存偏见的问题决定着我们的未来,而我们的未来操在大英帝国的手掌心。

这也许倒有些意外好处:很远地方、很久以前的迷人意境,与就在身边、与近在眼前的忧郁昏暗对比鲜明。埋首那些遥远时代、遥远地方冬日的霜雪、春日的鲜花、山间的小屋以及公海上的海盗行径,我的思绪便从目前的诸般焦虑中远远地逃离开了。

但是,不论这些历史情形多么迷人,都无法阻挡时间的流逝。3月10日,学校终于放假,这可能是我在"联盟中学"最后一天的恐惧重上心头:没有一张政治可靠的证明书,我将不能再返回学校。

21

假期的头几天，我一再推迟与地方长官的见面。辛加已接替他哥哥做了地方长官，他那心狠手辣的哥哥拉盖已被暗杀，情况惨烈。茅茅游击队派人从利穆鲁市场开始跟踪他，朝他开枪。但是当时，他们并没有打死他；于是他们化装成医院的护工，跟踪他到了基安布医院，然后用枕头充当消音器，把他打死了。尽管辛加的模样没他的哥哥那么残忍，不过我猜想他一定对暗杀他哥哥的人怀恨在心。随着假期即将结束，我虽然万分纠结，但还是决定去见他，以了结此事。他会不会要求我再受一群审查官的审查，证明我不曾宣誓效忠过茅茅呢？我怎么证明自己？在这个新集中村，谁不知道我哥哥是古德·华莱士？地方长官肯定对茅茅游击队员的弟弟心怀成见。

穿过新村狭窄的道路，我独自朝军事岗哨走去。岗楼设在山脊的最高点。离大门越来越近，监视瞭望塔赫然出现在我眼前，显得越来越大。

自1954年建立以来，这座岗楼就是一间酷刑室，高墙挡住了被害者的惨叫和呻吟。我妈妈曾在那里关了三个月，被威逼交代我哥哥的下落。从此以后，权势者只要心血来潮，就一次次地叫她去接受审问。

突然，不知何处有人发出命令：站住！一阵可怕的沉寂之后，吊桥放了下来。我战战兢兢走了上去。吊桥下面一条洞穴似的护城河上布满了铁丝网，河里还杵着一根根木头尖桩。在大门口，凭借自己的证件和校服，我说明了来意，被放了进去。持枪的卫兵与行政警察在院子里走来走去，另一些人在擦枪或投骰子、下跳棋。还有一些人穿着衬衫或背心，正在往绳子上晾晒军服。我踏进了一座军营，能保护自己的就只有身上这套"联盟中学"的校服了。我被带去长官的办公室。办公室在一座石墙壁铁屋顶的方形建筑里。

简直不敢相信自己的眼睛！新长官居然是弗雷德·姆布瓜，肯尼思的爸爸，我从前在芒戈的老师，他还注意和表扬过我的作文呢。显然近来形势有变，那个文盲长官已经被受过正规教育的人取代了。从前的老师如今当了殖民长官，我不知如何应对，只是心中窃喜，他竟然什么也不问，就用清楚的草写体为我写了封信，证明我已经过审查，未发现宣誓过。离开那间办公室和那附近的地方时，我大喜过望，即使发现他虽然签了名却并未加盖公章时也一样。无论如何，我还得去一趟蒂高尼地区助理的办公室，才能最终证实我政治可靠。

地区助理办公室设在蒂高尼警察局内，距利穆鲁镇数英里，要经过洛雷托女子学校。这片土地早已成为欧洲人与非洲人争夺的象征，欧洲人占据了白人高地，非洲人屈居在黑人乡村。地区助理办公室离主入口处只有数步之遥，我排在队伍后头等待接见。别的人陆续站到我后面，排成长队，两名警察负责维持秩序，不准插队。

恩耶里区的基亚要古警卫哨所；瞭望塔与带尖桩的护村河

终于轮到了我。桌子后面坐着一位白人军官，在低头看文件夹。他身旁站着一名持枪的黑人警长，用怀疑的目光盯着我，好像我的"联盟中学"校服是假的似的。白人军官终于抬起头来。

他相貌年轻但表情严肃，一副公事公办的神情。我暗里叫他"约翰尼小子"，因为我们把英国士兵统称为"约翰尼"。我把自己"联盟中学"的证件和地方长官开的政治可靠证明交给他。他瞟一眼那些文件，一言不发，又抬起头来盯了一眼，奇怪我为何要把学生身份和不曾宣誓的证明给他看。我犹豫地解释说，那封证明信需要他加盖公章，这是发给我通行证之前的一项要求。他再瞟一眼那封信，拿起桌上的公章盖好，但把文件递还给我之前又停下来再看了一次。他一定发现了那封信没有地方长官的公函抬头，也没加盖长官的印章。他把文件还给我，命令道：外面等着，你还得接受审查。

我有些绝望，心中暗自着急。他会派一名白人或几名警官对我再审查一番，这一关恐怕是闯不过去了。我在走廊上傻站了一会儿。不知为什么，那两名警察都不理睬我，就连我想用眼神跟他们交流，也徒劳无功。明摆着，他们更关注那些排队的人。我进退两难：要么傻等着，审查通不过，要么抬脚就走，冒着被捕的危险。转念一想，那份盖了公章的文件就在自己口袋里，还等什么等？

我开始往后退，一步一步，没人要拦我。两步——三步——四步。现在离开走廊，到外面了。我转过身背对着那所房子迈开了脚步，慢慢地，从从容容地，走上通往主路的小道。

左拐，经过通向警察局的主入口。我打定主意，要是被抓住带回那间办公室，就发誓说没听懂那个"约翰尼小子"的英国口音。但是一想到会被抓住，我为保护自己而精心假装的那份镇定自若就完全崩溃了。突然，我被恐惧攫住：脚步声！警报？还是枪声？我浑身冒汗，拔腿就跑，不敢回头确认，一直跑，一直跑，直到跑回了集中村。原来，那追赶的脚步声、警报声和枪声都只是我的想象而已。

22

八月初我回到"联盟中学",如今我持有政治可靠证明书,便得到了国内护照。这份护照旨在进一步加强政府对吉库尤、恩布和梅鲁地区老百姓在全国活动的控制,在这三个区的人民与其他地区的非洲人之间插个楔子,连我们的老师们都无法幸免。

政府制造一种有些地区享有更多特权的假象,指望能收买这些地区百姓的忠诚。但现实中,每遇突击检查,确认嫌疑犯身份的绝不是护照,而是黑皮肤。只有突击检查结束后,护照才能区分出这三个区的人民与其他地区的非洲人。到那时,所有的人已经遭受过了不同形式的骚扰与羞辱。

学校里,生活回到正轨。但这本护照却证明,学校生活的节奏貌似与国家、与世界互无联系,可在现实中却不时交集,并直接影响到我们在这座避难所里的生活。这使我明白,我原以为它们之间互存的那道界限(就像追赶我逃跑时的警报声一样),也许从来就不存在,只不过是自己的幻想而已。

无论如何,到了1956年年中,事态已经非常清楚:我在"联盟中学"的生活,将会交集着学校与新村之间的一系列现实冲突。

我逐渐明白了,无论这座避难所带给我的什么慰藉,终将难以持久。学校与新村,两个地方都令我感到失望。

与此同时我下定决心,即使身处险境也绝不能向恐惧低头,于是才有了独自深入集中村警卫哨的冒险,以及后来凭本能逃脱"约翰尼小子"的事。这些都给我新生的反抗精神增添了勇气,鼓励我在校期间大胆地走出避难所的围墙,尽管学校的大门口趴着那群嗜血的猎狗。正是由于这种新生的反抗精神过了头,结果我被召进校长办公室,头一回与爱德华·凯里·弗朗西斯面对面。

23

学校设定了一个特殊星期六,允许学生全天离校,只要下午六点前返校就行。这叫做"内罗毕星期六",也许是因为许多同学,尤其是来自边远地区的同学没法回家,那就去首都内罗毕玩玩吧。头一年,我没利用过"内罗毕星期六",也许是期中假的经历让我不愿离开安全的校园吧。但是第二年,万加说服我跟他和伦纳德·姆布瓜去了一趟利穆鲁。

万加让我放心,说以前的几个"内罗毕星期六"他和朋友常常步行十或十五英里返回学校,没啥坏影响。再说,他爸爸杰里迈亚·基陶神父还有一辆汽车,可以开车送我们回校。不过指望开车送我们回校的事,不论是他还是我,都没有跟家里人提起过:这种事纯粹是赌运气。

这次回家前半段还算顺利。我们决定先去看我妈妈,然后再去他爸爸家坐车回校。不料我妈妈到利穆鲁镇附近的一块地里干活去了,那块地在村有化之前就由她耕作。

从儿时起,我就认识这块地中间的那棵大无花果树。它象征着我生命的延续,而且我觉得,自己是头一回带人来看我真正的家。妈妈用她拿手的野外火堆烤土豆填饱了我们的肚皮。

我们吃饱喝足了,时间还有富余,在万加的坚持下,我们又决定去洛雷托女校看一眼女生们红似火的校服。万加和他的朋友想证实女生们有热水淋浴——据说——而不是我们学校的冷水淋浴。从洛雷托回来会路过万加的家,我们就能坐车回校了。坐他爸爸的汽车,派头十足,就这么简单。

到了洛雷托,我们告诉办公室的修女,我们不是特地来看谁,就是想参观一下学校。穿着"联盟中学"校服的学生就来参观啊!结果不但有专人陪同,还享受了明星待遇,女孩们对我们频抛媚眼,居然还有打口哨的!我大惊小怪,以为只有男孩子才那样子打口哨呢。

和一年多前可大不同了,那时我在这里参加过初级中学考试,觉得所有女孩子都一样漂亮。这一次我却能看出她们各自性格的不同,虽然她们都穿同样的红色校服。为了多享受一下女孩子们的媚眼,我们甚至还应邀和她们共饮下午茶,谁要提醒回校会迟到,我们就说有车送呢。终于到了动身去利穆鲁的时间,万加还在让我们别担心:他爸爸肯定会帮我们的。

只可惜他没有帮。他生气的是万加没早点儿把朋友带到家里来。尽管他生气了,但是他并没有提高嗓门。他那传道士的嗓音不急不躁,说既然我们未经他允许就浪费了时间,想必我们有按时返校的计划在先,那就最好赶紧照计划去做吧。我们没能按时返回学校。接下来的星期六我们被禁止离开,罚在校园里割草。这可是一次教训:千万别指望别人帮你。

后来,这个造访洛雷托的故事传来传去,越传越神,什么困难啦、疲倦啦、黑夜中独自跋涉啦,逐渐演变成了一场惊心动魄的冒险。

万加一定还大赞了我妈妈在野外火堆上烤土豆的手艺,因为后来他的几个朋友纷纷向我暗示,下个"内罗毕星期六"不介意和我一道去利穆鲁。还有,洛雷托女校真的离我家不太远吗?但我不想让人去我的新家,总是用别的话把那些暗示岔开。我不想让客人走上十或十五英里的路,却饿着肚子返回学校。再说了,我可不想再招麻烦造访一次洛雷托女校,明摆着同学们是对洛雷托女校的女孩子们感兴趣呀!

24

第二学期,适逢又一个"内罗毕星期六",我打破给自己强加的约束,邀请约翰纳·穆瓦拉和我一道回家。约翰纳是姆泰塔人,我们同班,他在 B 组,我在 A 组,都住利文斯通舍第二寝室。他为人礼貌周到,我挺喜欢他的。我老实告诉他没办法提前通知家人,我们只能碰碰运气,他很理解。我猜他只是想在"内罗毕星期六"离开一回校园而已。

我们早饭后出发,下午早些时就能看到卡密里胡集中村了。我自信妈妈如果在家,总会有办法给我们弄饭吃,至少也会烤些土豆给我们充饥的。我们会很快吃完,喝些粥或茶,然后动身返校。这回可不敢指望搭别人的车了,只能靠自己的两条腿走路,当然也绝不会参观洛雷托或沉迷于别的开心事。只要我们不越界,一切都会如愿以偿;离卡密里胡越近,我越有信心了。然而天有不测风云,就在拐弯去我的新家时,我们遭遇了一场军事大搜捕。全副武装的黑人士兵与白人士兵,身穿迷彩服,头戴红色贝雷帽,乘着绿色军车和越野车包围了一大群老百姓,光天化日之下,就在村子下面的平原上。我以为身上的校服能帮我们逃过去,但是没有,我们也被迫加入了被包围的人群。穆瓦拉是姆泰塔人,被允许离开,可我等了很久。我被一直以来的忧虑压得喘不过气:我与游击队员的亲属关系可能使我无法重返"联盟中学",也许再也不能。每一次,当我以为战胜了那份恐惧时,总会发生一些祸事对我加以嘲笑:休想这么容易!

总算轮到我了。吃一堑长一智嘛,我回答了所有关于哥哥以及他的联络人的问题,多数问题我都诚恳地、平静地说不知道,并以离家到"联盟中学"住校念书做掩护。虽说自己故作勇敢,决心战胜恐惧,但还是无法相信,只这么一次星期六往家里带客人,偏偏就会出事。

穆瓦拉已经聪明地返回了学校。我急忙赶回去告诉家人发生的事,但是他们已经全都知道了。妈妈说,学期还没到头,真的没必要回家来。家里不论剩下什么,凡是能吃的,我都匆匆带在身上。惊恐加上失望,我踽踽独行,连夜赶路返回学校。我迟到了,而且迟到了很多时。相同的错误我竟然犯了两次!于是到了周一,我被叫到了校长办公室。

25

我相信自己会挨藤鞭,甚至会被开除。自打进校起我就一直担心,哥哥在山里打游击的事早晚会让我倒霉。自从那次丘吉尔演说之后,凯里·弗朗西斯乃大英帝国卫道士的形象便在我心中挥之不去。不管怎么说,他获得过大英帝国勋章。走进他办公室的时候,我想的就是他如何效忠帝国,如何严明纪律的故事。

校长穿的永远是那套卡其布制服。我站在他面前,他的两眼直刺我心,自始至终。我为什么严重违反校规,半夜才回到学校?而且还是第二次?知不知道违反校规有多严重?"内罗毕星期六"可不是要你破坏规矩的。他貌似心平气静,但我担心他时刻都会暴跳如雷,火冒三丈。我开始偷偷打量那道门和窗户,随时准备逃命。

我进退两难。上周六的事就摆在眼前。我可以跟他说遭遇搜捕的事,但是说不说被审问和我怎么回答的事呢?假如告诉他我哥哥在深山里跟丘吉尔的帝国打仗,我肯定会被逐出校园,赶出这个避难所,回到新村和那个监狱般的居住区。作为"联盟中学"的学生,第一个假期我就帮助修建过那座监狱,那地方总让我想起失去的家园。最后,我决定把一切都向他和盘托出。

好啦!憋了这么久,秘密终于要见光了,我心中的一块石头终于要落地了。现在轮到我挑战他了,我一声不吭地直视着他的眼睛,听天由命吧。你是大英帝国的军官,我哥哥发誓要推翻你的帝国,打发我回我妈妈那儿去吧,如果你乐意的话;但是我绝不会不认我的哥哥,我不会为你,也不会为这个学校。我哥哥是个好人,他要的仅仅是自由的权利。你们的丘吉尔狠揍希特勒,不就是想要自己人不受德国人统治的自由吗?您瞧,长官,我哥哥为自己人要的是同样的东西呀。他想要的一切就是……凯里·弗朗西斯打断了我的胡思乱想。

你穿的是"联盟中学"的校服吗?他问。没想到他会冒出这么一句。"联盟中学"校服?当然是的,有徽章和 AHS 标识,我回答。他没有再问任何别的问题。你可以走了,不过以后要当心。那些军官有不少是流氓!他咬牙切齿地补了一句。

他的反应完全出乎我的意料,甚至叫人糊涂。他不但不惩罚我,还骂英国军官流氓?我顿时觉得浑身轻松,心怀感激。在凯里·弗朗西斯眼里,那些政客要么是政治家要么是流氓,那些官僚也要么是政治家要么是流氓。拘押我的军官虽为白人,但也是一群流氓,居然有眼无珠,不认"联盟中学"的校服。

过后我才忽然明白,对于我哥哥是游击队员的事,他居然无动于衷。我嫂嫂被关在重度警戒监狱的事他也漠不关心。他甚至连我是否宣过誓都不过问。不过,我倒是真没宣过誓。他好像对我的一切了如指掌。或许我的例子学生中并非独一无二,类似情况也许他听得太多了,我不过是又一个而已。

果然,后来才知道我的情况真的不是独一无二,同学当中不少人都背负着类似的不幸。国家进入紧急状态初期,我们学校甚至节假日期间曾经做过冲突双方受害者的避难所:有那些担心茅茅报复的人,因为他们的父辈参加了忠于政府的民团;还有那些担心殖民势力报复的人,因为他们的亲戚在大山里打游击或者被关进了集中营。

校长对我坦白的方济会式反应使我那个白色巨石抵抗黑色巨石的看法产生了更多裂缝。许多非洲人,包括他们那些为殖民者而战的亲戚的现实情况已经在动摇我的看法。校长的反应以更为私人的方式,大大减轻了我虽然身在这所学校避难头顶却一直笼罩着的那种恐惧——害怕我与自由战士的血缘关系会被发现,害怕我受教育的机会被剥夺。

好事接踵而来。此事过后不久,我得知基安布"非洲土著地方委员会"授予我全额奖学金。我拖欠的学费可以还清了,在"联盟中学"余下学年的学费也不用发愁了。下个假期就在八月份,我头一回不用担心钱,也不怕政治会阻挡我的求学之路了。但是万万没想到,大祸从天而降。

26

我正要回校完成第二学年的最后一学期,忽然有消息传来,英国军队抓住了我哥哥!由于没有官方文件,谣言是从巴纳纳山传到我们耳朵里的,那是他妻子住的地方。谣言五花八门:他腿上中弹;不对,是脑袋中弹;不对,是子弹穿透了心脏。但有个消息却始终如一:被抓时他还活着。如果这谣言属实的话,好歹也能让人宽宽心。不过我担心人家会把他在基特亨古里吊死,因为之前很多人都是被这样处死的。越是不了解他被捕时的情况,我就越是更加恐惧。

多年后才知道,原来古德·华莱士和他的人在隆戈诺伏击了一小队英国士兵后遭遇了埋伏。他们奋力拼杀,冲破封锁线,然后四下跑开。敌人调来援兵,穷追不舍,翻越座座山峰峡谷,蹚过条条小河,日以继夜,一直追到南尼安达鲁瓦的吉尔吉尔。

一些战友倒在了敌人的枪口下,但古德·华莱士还是千方百计地逃脱了。他讲的故事非常悲惨:他逃到利穆鲁白人高地那边的"布鲁克债券公司"的地盘,精疲力竭,跌倒在地,拖着他的枪,又慢慢地爬进浓密的茶树林。四周遍布敌军的士兵,他们用步枪拨开树枝搜寻,一人负责搜查一行树。曾经一度,一名士兵就站在他藏身地的正上方。古德·华莱士觉得命数已尽,打算张口求饶——别杀我!但他仿佛身处噩梦中,竟然发不出声来。这反而倒好了。敌人很快就走开了,继续搜查那些茶树丛。

接下来的两天,古德·华莱士试图找到剩下的战友,但是白费力气。孤身一人的他只有步枪为伴。他估量了一下自己的形势:曾经顶着警察的枪林弹雨逃进大森林,现在又全凭运气死里逃生,难道还要再一次拿生命冒险吗?是接受一次勇敢的死亡,还是放弃继续再战一天的希望,二者选其一。

他选择了后者。他把枪埋在一棵无花果树下,渡过几条河,步行穿过森林山坡、咖啡种植园,经过长途跋涉,最后来到巴纳纳附近卡鲁伽长官的家园。以前我姐姐贾托妮与这家人在基安布做过邻居,古德·华莱士认识他们。

一大早他就出现在门口,对卡鲁伽的太太格蕾丝·恩度塔说明了身份。太太欢迎他进门,还为他做了早饭。多年来他头一回吃了顿家常饭。

是她悄悄把消息告诉她丈夫的。查尔·卡鲁伽·考南基长官保证我哥哥没落到报复者的手里。我们也不知道这位长官编的是什么故事,但听说古德·华莱士被关进了玛尼雅尼集中营,还是松了一口气——至少他还能活下去。

民族主义者游击队遭到重创。1956 年 10 月,英国军队抓获了德丹·基玛提①,茅茅游击队的首领,他们最害怕的人,这个传奇英雄。

---

① 德丹·基玛提(Dedan Kimathi,1920—1957),茅茅起义首领,二十世纪五十年代在肯尼亚领导一支武装部队,抗击当时的英国殖民主义者政府。

受伤的斗士被铁链锁在医院病床上的情景久久萦绕在我的心头,与基玛提·恩甘迪亲口所讲的那些传奇故事互相矛盾。不知道恩甘迪如今居住在何方,对失去基玛提作何解释。毫无疑问,他会说英国人抓获的只是他的影子,真正的基玛提依然在尼安达鲁瓦的群山中,在肯尼亚山的山坡上徘徊,发誓要战斗到底,与其屈膝苟活,不如抗争到死。

然而不幸的是,德丹·基玛提在我哥哥之后也被抓获,在天空中留下了一种失败感,在我心底里留下了一片空虚。但是种种迹象表明,在肯尼亚,在全世界,以基玛提为象征的对帝国主义秩序的挑战,正在非洲其他地区正如火如荼地进行着。

27

在基玛提被捕数月之前，1956年7月26日，埃及的贾迈勒·阿卜杜勒·纳赛尔上校宣布对苏伊士运河实行国有化，以便给修筑阿斯旺大坝提供资金。纳赛尔上校于1952年夺取政权，同一年肯尼亚开始了"茅茅起义"。在我看来，纳赛尔似乎一夜之间成为世界政治的大玩家，领袖们从艾森豪威尔到赫鲁晓夫到毛都对他高度关注。纳赛尔的行动显然令英法两国苏伊士运河公司的股票持有者们怒不可遏，甚至连"联盟中学"都受到了冲击。

凯里·弗朗西斯在全校召集开了一次紧急会议，会上把纳赛尔斥为流氓，把国有化斥为抢劫，讲述了苏伊士运河的历史，从费迪南德·德·拉塞普斯1868年修建运河开始，一直讲到英国苏伊士运河公司的最终所有权。这段历史我不是很熟悉，但是我觉得，既然运河是在埃及领土上开挖，显然就应当属于埃及所有，正如英国殖民者占据的土地完全属于肯尼亚一样。法国可能提供了工程技术，英国提供了资金，但是埃及的土地和劳动力怎么算？

凯里·弗朗西斯强烈反对国有化。但同年十月,当以色列、法国和英国入侵埃及,重夺运河控制权时,他却认为大错,而且对我们说,他绝不主张两错相加等于正确。凯里·弗朗西斯的言行总是令人惊诧不已。

28

与这些政治动荡相映照的是我内心的动荡。时间快到了第二学年的八月底,关键时刻就要来临了。大卫·马丁为基督教联合会举办了一次特别活动,让一名福音传道士播映和讨论比利·格雷厄姆的影片《冲突的灵魂》。这位特邀福音传教士本人与比利·格雷厄姆组织的十字军东征有关系。活动就在饭堂举行,任何人都可以参加,来者众多。影片放完之后,那位传道士又讲了几句话。

时值夜晚,那名传道士站到舞台上——这个舞台见证过变戏法、辩论、莎士比亚戏剧以及反莎士比亚戏剧——开始引用《圣经·罗马书》第三章第二十三节:因为世人都犯了罪,亏缺了神的荣耀。他开始慢慢地扫视我们,那神气让我觉得就是特别针对我的,然后他直戳听者的心,描画出等待罪人的地狱之火的幻象,生动又恐怖。他们当然会下地狱,我们当然会下地狱,任何好品行、好知识、好书本都救不了我们。他演讲的技巧很高明,虽然是对全体听众讲话,却似乎字字句句都是针对我的,可他与我素不相识呀。这个上帝吓死我了,我可不想下地狱,我觉得自己在恳求。怪了,以前这种下地狱的话听过不少,可从来没让我这么害怕过。不过,地狱虽然无法避免——他现在又开始描画另一幅得救的幻象——但愤怒与报复的上帝已经成为无限慈悲与慈爱的上帝了。《约翰福音》第三章第十六节证明了这一点:神爱世人,甚至将他的独生子赐给他们,叫一切信他的,不至灭亡,反得永生。因为神差他的儿子降世,不是要定世人的罪,乃是要叫世人因他得救。

他继续说下去,仿佛他与上帝亲密相知。上帝不强迫人类做选择,上帝赐给我们选择的自由,自由意志的自由,你尽可选择天堂或地狱,他说,再次瞪着我,指着我。哪怕我躲到他人背后,他的目光和手指也能找到我。我相信选择的自由。他在呼吁我的良知、我的理性,单凭信仰来接受不合理。然后又以上帝的名义,给我指出一条路,直接引用《启示录》第三章第二十节:看哪,我站在门外叩门,若听见我声音就开门的,我要进到他那里去,我与他,他与我,一同坐席。

我无须去任何地方或做任何惊天动地的事:打开门就好。他让事情更简单,告诉我们闭上眼睛就可以恳求上帝赐予力量与引导。我双眼紧闭,听他直接与上帝说话,求上帝帮我做出正确选择。我,就是我,因为似乎从头到尾,传教士每句话都是针对我而来的。上帝不会冲到门口,强行为你开门,你必须开门让上帝进来,你开不开门?他告诉我们不要出声回答。要是我已经做出选择,就请举起右手。眼睛都不睁开吗?是的,真的感觉他恳求的就是我。我觉得我的心溃成了碎片。

有个东西在投降,是意志、思想、理性的投降。可以想象他的眼睛在盯着我,看我是否举起手来彻底投降与服从。我举起手来,不在乎任何别的人是否也这么做。说到底,他一直就在针对我讲话。

你已经做出你生命中最重要的决定。他再说教一番,然后命我们放下手,睁开眼。一时间鸦雀无声。大卫·马丁宣布大家可以随意离开,但要求举过手、将耶稣视为自己救主的人留下,与那些以前已经这么做过的人待在一起。确实,同学们中间有一小部分人早就口口声声称比我们其他人与上帝更亲近。我留在后边,坚信自己会是唯一的一个。多数人已经动身离开,他们一面走一面回头看有谁中了圈套。

我果然中了圈套,但好在不孤单。我们新皈依者有一大群,先皈依者们欢迎我们加入他们的阵营,说我们已经被提升到了他们的精神境界。这些人中最扎眼的是伊利加·卡侯诺基或 E.K.[①],他向来对自己的信仰不加掩饰。那个福音传教士扬扬得意地警告我们,一路上还会有无数的诱惑,魔鬼撒旦既然毫不知耻,连耶稣都诱惑,那我们算什么,别以为魔鬼会放过我们。但我们能从上帝的胜利中获得力量。E.K.也对我们肯定地说,与撒旦交战时,"得救者"的基督徒团队精神会永远与我们在一起。

福音主义在"联盟中学"并不新鲜。早在 1949 年,那些"巴洛科勒"[②],原教旨主义者,最早源于卢旺达的"耶稣是我个人救主"运动的追随者们已经来到肯尼亚。一些"联盟中学"的学生成为信徒,这个传统就被传递下来。尽管他们是基督教联合会的忠实成员,经常聚会研习经书,但这些"巴洛科勒"或称"得救者"们有他们自己的单独群体,并且另外举行祈祷会。

凯里·弗朗西斯虽大谈讲经堂那套教义,但与那种拍着胸脯、崇拜"耶稣是我个人救主"教派的精神事业并不相干。基督教对

---

① 非真名。——作者注
② 巴洛科勒(Balokole),二十世纪三十年代非洲原教旨主义者的一场改革运动,该词义为"得救者"或"选中者"。

1956年,"基督教联合会"与来访客人:爱德华·凯里·弗朗西斯(二排左二),恩古吉(二排左四),乔舒亚·奥芒戈(二排左五),大卫·马丁"基督教联合会"会长(二排中)。背景为"联盟中学"小教堂

他来说好比一场长跑比赛,他常说要自觉领跑,以便抵达尽头时可以说:我已全力以赴,我已完成比赛,我保持了信仰。在他看来,宣示信仰的行动与表现远比大喊大叫信仰的承诺更重要。不过他并不贬低福音主义,也许发现了其价值所在:那些"得救者"们是众多主日学校最忠诚的领袖,他们每个礼拜日都长途跋涉,到离"联盟中学"最远的地方去会见教友。

29

过了不一会儿,不少曾举手和我们一起留下的同学便渐渐故态复萌。但我的同班同学约瑟夫·奥芒戈、E.K.和我组成了一个三人小团体,环绕着我们修筑了一座精神堡垒。我们仨决心不让魔鬼撒旦挤进来。每天清晨,在大批信徒没到之前,我们就在小教堂见面,一起读《圣经》、做祈祷。E.K.接受耶稣作为他的个人救主比我们早得多,自然为头儿。多年来,他在周围村庄和更远的地方、内罗毕及其他城市,和福音教派已经建立了广泛的联系。通过他,我们感到我们与"联盟中学"高墙外的广大"得救者"信徒联系在了一起。

"得救者"最重要的责任之一是见证我主的无边恩典与怜悯,以便帮助其他人皈依十字架。E.K.劝人信教口若悬河,而我多数场合则是结结巴巴。我觉得初见陌生人便大谈自己的信仰实在难以启齿,就好比信口雌黄,让人家顿起戒心,太过唐突。可E.K.说,这就是关键啊,就是要让罪人不自在,意识到撒旦就在他心里舒服地蜷卧着呢。

E.K.在教友圈里推行的另一项仪式是向众多"得救者"忏悔。

每位发言者依照进展,要讲述他或她最初是如何找到上帝的。就像从圣奥古斯都的《忏悔录》借来的一样,人们刻意夸大自己从前的生活堕落得有多深,而上帝又如何大发慈悲,给他或她指点了通往十字架的光明大道。忏悔者常常讲述自从皈依以来,自己如何多次遭遇魔鬼诱惑,撒旦如何咄咄逼人,非要将他们从十字架的拥抱中拖走不可。有些人创造力丰富,把自己遇到过的诱惑讲得活灵活现。有几位还千方百计打败了诱惑者,但其他人都中计倒下,于是他们引起最热烈的祈祷和对反抗撒旦的最强烈支持。面临的诱惑越大——不论是否屈服——那被诱惑者的名声就越响。性欲的罪孽最引人注目,没有比这种罪孽更大的了。毕竟,性乃原罪,使得全体人类亏欠了上帝的荣耀。有的人还深入描述挑逗的细节,结果使人离开群组时,脑子里装的性幻想比来时更多。

　　轮到我了,我发现自己张皇失措,没有任何罪过可忏悔。可是,我一定有罪过的!人人都有罪过!要是我们说自己没罪过,就是在欺骗自己啊。奥芒戈也有和我一样的问题:实乃罪人却不知罪在何处。我们只好忏悔些鸡毛蒜皮,比如发脾气啦、说话粗鲁啦,或者校规要求九点睡觉我们却作弊多看了一个钟头书啦。不过,E.K.总有好多罪过可忏悔,尤其是对异性心怀邪念。每一次,他都能补充一点战胜撒旦的故事。

　　结果奥芒戈和我就像两个骗子了。最后,我们渐渐脱离了校外那些教友团体,只坚守着我们自己的小集团和日常额外的祈祷与阅读《圣经》。E.K.孜孜不倦地告诉我们他与教会其他兄弟姊妹的会面。我们相信他的话,他总能引用《圣经》的种种教诲消除我们的怀疑。他说起话来权威十足,一种已经与上帝直接对过话的口气,这使得我对自己的情形更加怀疑:我从来无法肯定上帝直接对我讲过话。一次我问他,上帝和他讲的是什么语言?英语,他说。那上帝和耶稣与他讲话时二者之间有何区别？那两个声音在音色和音量方面有区别吗？耶稣与上帝就是一体，同一个人。我必须坚守信仰，很快我也会分得清楚。这类问题很重要，真让人烦心，因为它们使我们之间的关系开始紧张起来。

最起争议的是上帝和耶稣的肤色问题。1956年9月26日，时任"麦克雷雷艺术学校"讲师的山姆·恩提洛和他的学生埃利莫·恩乔①造访我们学校，给我们讲艺术，还给我们展示了几幅黑皮肤基督画像作品，指出耶稣并非生于白人的欧洲。虽然他们没有上帝的画像，可他们认为，上帝在不同文化中显示的是不同肤色。上帝毕竟按照他自己的形象造人，对黑人就用他漂亮的黑色，对白人就用他银子般的白色。

对这番高论怀疑者不少。我们见过的书和杂志里的耶稣画像都是白皮肤，蓝眼睛。有的白人老师说没必要用种族主义者的目光来看待上帝，上帝没有颜色。耶稣是白的，白色不算颜色。E.K.也认同无色的上帝和耶稣，但无法解释基督教文学作品中为什么所有插图上两位神明都是白皮肤。我站在恩提洛和恩乔一边：上帝如果照他自己的样子造人，那黑色同样是上帝的颜色。我们每个人看看自己就知道上帝的模样了。

我没本事像E.K.那样能听到上帝的声音或引领新人走向十字架，很是发愁。我忽然有了主意：假如我能让一个人皈依，想办法把一个灵魂带到十字架前，那我的疑惑就消除了。我开始跟人宣传我的信仰，一对一进行，大多是挑要好的朋友。不过才试了几次就遭到冷嘲热讽，或者被问得哑口无言。我那些朋友最糟糕，他

---

① 多年后埃利莫·恩乔成为非洲最著名的一位艺术家。他创办了著名的Paa Ya Paa画廊，如今依然活跃。——作者注

们干脆就说根本不相信。有的人还开玩笑要我向他们坦白罪过,好与他们的罪过比较比较。他们没见过我在礼拜会上捶胸大叫:赞美主啊!我把自己的麻烦告诉E.K.,说我想求助理性皈依别人入教,没说服别人,反倒招来更多争吵。不对,你得求助于情感,而不是心灵,他指点我,信仰与逻辑无关。他要我别发愁,想用高明的手段把撒旦从那些堕落的灵魂中赶走自然需要时间。可我感到很沮丧,劝人入教费尽心力,却一无所获。而E.K.战果累累:身后已经跟上了一小群追随者,口口声声说通过E.K.他们才找到上帝。

最后一学年的一个早晨,我们与平日一样见面,E.K.之前特别强调一定要来。行完日常的祈祷和读经仪式,他说要告诉我们一件有关肉体诱惑的罪过。我们正要为他祈祷,愿他下一次更坚强时,他突然坦白事态严重,他使一位主的姊妹怀孕了。这可是大罪过,大过他以前忏悔的任何罪过。这使我们大吃一惊,也使我们感到他承受的压力太大:他已经忏悔过了,现在他又低声下气地求我们为他祈祷。祈祷过后,奥芒戈的话说得坦率而诚恳。木已成舟。我们会继续支持他的。头一件事,他举办婚礼时我们保证做伴郎,我们认为,要让孩子在婚后出生就必须赶紧把婚事办了。E.K.却支支吾吾,说没打算娶她,我们怎么劝说也没用。奥芒戈气哭了。我俩觉得被他骗了。后来我才知道,E.K.以前忏悔过的那些诱惑原来都是真的,他向我们坦白的那个并不是为他怀孕的第一个女子。真是莫名其妙,他那套撕心裂肺的忏悔竟然使他赢得了福音派团体的一贯信任。但我和奥芒戈无法从他断然拒绝娶那女子为妻的愤怒中恢复过来。我们的小集团就此分崩离析,福音二人组也不再聚会。不过,奥芒戈和我依然保持着基督徒的情谊,共同被骗的经历使这份情谊更深。

这件事让我对圣方济会的观点再度好奇,方济会认为基督徒的生活远比满口虔诚更多,虔诚应当表现在每天的行为与选择中,表现在课堂上、志愿活动和游戏中。任何这类活动,人的意志都可能面临种种诱惑,人不一定非要在茫茫大山或无边大漠中才会与撒旦单独对峙。我们小集团的崩溃给我心里留下了一个空洞,增加了我的疑惑。但我从未放弃说服认识的人灵魂皈依,尽管屡试屡败。

30

无论我对宗教多么狂热,也比不上我对戏剧火一般的热情。上演莎士比亚的《亨利四世·上篇》标志着这个学年的结束。我参加了一个角色的试演,虽然没能得到背台词的角色,但我扮演了其中一名始终扛着木长矛的士兵,与别的士兵并肩充当一道无声的人体背景。屈为哑巴士兵,抑制了我历经磨难给宏大历史战场增光添彩的丰富想象,因为我必须精神集中。话说回来,这部历史剧中争权夺利的暴力场面可比《皆大欢喜》厉害得多。

演出过程中,我被演员们的表演从最初的生涩到剧终时的趋于完美深深地吸引。这使我渐渐懂得,戏剧的特点就在于它的团队精神:主要演员与配角之间的相互配合,道具、服装、灯光以及导演在幕后的相互支持,大家的协同合作给喝彩的观众上演了一台令人愉快的好戏。看到完美表演的观众不会知道一次次排练中,演员忘掉台词、站错位置、个性不同,以及其他种种原因造成的紧张与冲突,都可能使排练停顿。集体的成就令人陶醉,远远补偿了排练时那些混乱场面的难堪。直至演出结束后,我的心不再怦怦乱跳,但是随后的几天,心里依然充满了共同奋斗的快乐记忆。

1956年,恩古吉于"联盟中学"莎士比亚戏剧表演会上参演《亨利四世·上篇》(前排左一)

不过,除了参加演出的快乐与辛苦,也应该提一句,这座舞台上表演的政治斗争其实也在嘲讽学校大门外现实中的政治舞台。国际方面,苏联入侵匈牙利,此事引起凯里·弗朗西斯的强烈谴责;国内方面,茅茅起义者与英国人依然打得不可开交。这三座舞台给我的影响迥然不同。学校的舞台滋润了我的心灵,匈牙利的舞台引起我的好奇,国内的舞台直接威胁我的肉体。古德·华莱士虽然不再是活跃的游击队员,沦为阶下囚,但这件事并不能赶走我年末就要返回卡密里胡的种种担忧。十二月,我离开了我的避难所,第二学年结束。我期盼着元月份能平安回到学校的怀抱,开始第三学年。

31

我妈话不多,日子最艰难时也一样。见到我,听说我学习有进步,她总是很高兴,不过她觉得我在学校比在新家更安全,于是假期到头时她大松了一口气。我好想听她说说对局势变化的想法和感觉,比如哥哥的被捕和被关押,或者她自己受过的审问之类。

对她来说,万事尽在上帝掌握。她常用的谚语就是:夜晚尽头总是黎明。概括了她对世间万事的看法。

她对土地爱得非常深沉。在地里干活是她最开心的事——翻地、施肥、亲手收获自己的劳动果实。我看得出来,她很欣赏我不怕种地,学生的经历并没有让我的手变得细嫩。她从不会说你今天得下地干活去,而总是说我会在地里给你烤土豆的,她知道这好东西我不会拒绝。

她总是早起。她不肯定我们一定会跟上她,但她肯定我们知道她会在哪儿干活。一天,晌午过了大半,弟弟和我才来到她最心爱的地方。她显然没指望我们会来,但见到我们扛着平日常用的锄头和大砍刀走过来,便喜笑颜开。中午,她在那棵无花果树附近生了一堆火,挑出最好的土豆烘烤。她总是烤好多,明知我们吃不了。她一直信奉的哲学是,也许会有不速之客路过呢?有一天,不速之客果然来了——是我爸爸,他躲在树后又突然现身,就像天上掉下来似的。去"联盟中学"上学前在原先的家和爸爸道别后,我就再也没有见过他。现如今,他和他的其他妻子住在集中村另一片地区,过去的五个假期我都没去看过他。我妈妈见到他并不惊奇,我猜想他到地里和妈妈见面也不是头一回。

妈妈请他坐下,说他正好赶上吃烤土豆。他问我书念得怎么样,怪我不去看他,但又赶紧说了一通好话,表示他并无恶意。除此之外,我俩之间,他和我妈妈之间,没说几句话。我们一道在无花果树下吃着午饭,我不由暗自猜想,他是不是就在这样的地里,或者就在这片地里,曾经追求过妈妈?

我弟弟从没有过我跟爸爸和解的经历,所以对他的到访缺少宽宏大量:我看他就是肚子饿了才来的。我妈妈立刻训斥他:他还是你爸爸,你怎敢评判他!让他自己评判自己好了。为了消解那一刻的尴尬,我立刻求妈妈讲讲他俩如何找到对方的故事,这故事她以前讲过。但妈妈只是笑笑,没有马上理我。但是,不知是我的问题还是爸爸的到访令她心软了,她忽然滔滔不绝起来,而且少有地坦率直白。不过她并没有说爸爸,而是说起身旁这棵树来了。她相信这是棵神树,能治病。她自有理由让我们认真观察,这棵树的根长得粗壮,扎得又深,这才是它任凭风吹雨打年深月久屹立不倒的原因。你们知不知道,这棵树早在殖民者到来之前,早在你们的太爷爷太奶奶之前就长在这儿吗?我们顽皮地问她怎么知道这棵树的年纪,她却说该干活儿啦。不过她又补充说,因为人们住在这里的时间比这棵树更长,于是就讲这棵树的故事,而且世代相传,我们也会给这个故事增添光彩的。

我从未跟她说过我那些精神追求的故事,但她一定察觉了我内心的躁动不安,讲这棵树的故事也许就是她触动我的方式吧。多年之后,我的作品将以一个小故事开篇,标题就是《那棵无花果树》。

1957 年

街头民众与立法委员的故事

32

1957年1月17日,我重返"联盟中学"。此时在我看来,学校已不再是座避难所了。不过话说回来,虽然它的庇护性日渐消退,但吸引力却依然存在,甚至还有所增加。它就好比一扇窗户,透过这扇窗户,可以不时见闻外界的变化,既有国内的,也有国外的;它又好比一只过滤器,透过这只过滤器,我可以分析和整理所见所闻的意义。而窗户与过滤器的这些作用,则来自学校大会的讲话、课堂和《星期六晚报》的编辑整理。

《星期六晚报》是1943年创办的,以填补由于战争时期印刷纸张短缺、官办校刊停办的空白。这份报纸的所有文字都由学生编辑手写,在大会上朗读。待到战后官办校刊复刊,《星期六晚报》已成为学校每周活动的一项固定内容。

我首次接触《星期六晚报》的经历记忆尤深。那天晚饭后,同学们都聚集在饭堂,翘首以待大名鼎鼎的星期六娱乐活动开场,忽然校队队长玛纳西斯·克高德站到饭堂尽头的舞台上,呼吁大家安静,收听"凯撒王国"的新闻报道。那些知道王国所指就是"联盟中学"的同学鼓起掌来。接着,一名同学——两位现任编辑之

———站上了舞台,双手举着一份文件,开始大声朗读:《星期六晚报》,创办人:M. E. 马格万加与 B. M. 基卡伽。后来我才知道,这是新闻报道开始之前编辑乐此不疲的一项仪式。这份报纸的质量取决于编辑的选材与朗读能力,以及他们表现胆怯还是自信的肢体语言。1957 年由阿兰·恩古吉与卢卡斯·里托组队编辑,给这份晚报注入了一种尊严与权威。1958 年我的同班同学乔治·昂古特维持了朗读清晰流畅的高水准,保持了题材多样化的好传统,维护了"琐事栏"与"大事栏"的审慎平衡。

"琐事栏"既挖苦校园内的种种不良现象,也报道大受欢迎的趣闻逸事,比如有同学滥用英语拼写和语法规则到荒唐可笑的地步,说如果形容词 tall 和 long 的变化形式是 taller 和 tallest,longer 和 longest,那为什么就不能把 good 变成 gooder 和 goodest,把 bad 变成 badder 和 baddest 呢? 如果动词 go 的过去式是 went,那为什么 do 拼写几乎一个样,不能变成 dwent? 还有同学开玩笑说,英语发音受到非洲不同源头语言的影响。"琐事栏"经常登载男孩子们的笑话,不过这些人的名字自然会隐去:谁谁被发现与山谷那头的女孩儿约会啦;谁谁丢人现眼举止粗野、随地吐痰啦,早饭喝粥狼吞虎咽、呼噜响啦,诸如此类苛求新生的滑稽新闻。也有关于同学们校外冒险成功或失败的严肃报道,尤其是那些勇闯大城市短途旅行期间发生的事。

"大事栏"我最喜欢,专门报道国内外大事件,是从《东非标准报》[①]精选的消息。我对影响肯尼亚的国际事件的兴趣始于恩甘迪,我看待新闻的眼光都来自以前与他多次交谈而形成的世界观,

---

① 《东非标准报》(*East African Standard*),是肯尼亚颇有影响的一份英文日报,由印度商人创办于 1902 年,主要提供当地及国际新闻、社论、商业、体育等内容。

通常站在民族主义情绪一边。《星期六晚报》以其特有的方式——至少令我满意——抓住了这个国家和这个世界的普遍情绪,对苏伊士运河冲突的报道便是一例。

33

苏伊士运河之争令人感到,世界上有种东西,有种变化,正在发展和进行当中。在英国,那场危机,或者更应该说那场三方使命的失败,已迫使其领导地位发生变化。

1957年1月9日,安东尼·艾登辞去了英国首相职务,被哈罗德·麦克米兰所取代。不出三个月,麦克米兰就不得不面对一连串激动人心的事件,这些事件重新划分了非洲与世界关系的版图:1957年3月6日,加纳宣布从英国独立,使利比亚1951年12月摆脱意大利统治的大事件黯然失色;1956年,突尼斯与摩洛哥双双脱离法国控制,甚至苏丹从英国独立也在1956年。这些国家为数不小,可惜对那些更早独立的国家我们几乎不曾意识到。不过,加纳的成功独立得到了《星期六晚报》的及时报道,比非洲其他的最新事件更能抓住我们的丰富想象。

我当然注意到,3月10日加纳独立后的第四天,殖民地的立法机构将首次直选非洲成员。这次选举,尽管将中部省排斥在外,而且最终当选成员中非洲人大大少于欧洲人和亚洲人,却具有历史意义。三天之后,十八名成员组成了"非洲当选成员组织"(AE-

MO），宣布在"利特尔顿计划"①指导下的这场选举不具法律效力，无效。"不具法律效力"和"无效"这两个词组立刻进入了我们这些学生的词汇。

变化来得缓慢，但基玛提1956年的被捕与1957年2月的被处绞刑，标志着政治舞台开始发生巨变，从大山深处转向内罗毕街头，转向伦敦的帝国议院。茅茅起义前的日子里，街头曾为民众公开挑战帝国议院的基地，但1952年宣布国家进入紧急状态后，街头就被明令禁止进行社交活动与政治活动。然而，1957年大选过后，街头恢复了它早先起过的作用，再次成为一座活跃的大舞台，在这个舞台上展现了由出人意料的场景与出人意料的演员组合的大戏。

在我心目中，政治演员向来是作为小说人物出现的。我儿时的恩甘迪时期，茅茅起义前的民族主义者阵容显得远比现实中夸张得多。他们与渡海而来的白色食人恶魔之间的斗争就是挥舞照亮黑夜的炽热宝剑，打了一场又一场史诗般的战役。有时我仿佛见到英雄们在阴影深处拼死拼活，冲锋快似犀牛进攻，吼声如同雄狮咆哮。如今，他们被流放，被关押，被丢进集中营，这些人物的轮廓已不再清晰，但难道史诗中的英雄们不总是被铁链拴在古老的岩石上，或者被关进地牢中的地牢吗？

恩甘迪之后，茅茅起义之后，这些新的民族主义人物好像只有真人大小，不过是舞台上我看得懂的演员。也许是因为我们目睹了他们的上场，有时还见证了他们的下场，或者因为他们被禁止在比区更大的地方来组织政党的明显劣势。这些非洲人机智而巧妙

---

① 利特尔顿（Alfred Lyttelton，1857—1913），英国政治家与体育家，曾任英国殖民秘书。

地克服这种限定和地方约束,把自己集合在"非洲当选成员组织"的保护伞下。但总归是一座牛栏里关进了太多的牛。我可不着急看他们的戏,也没有看老演员戏时的那份紧张。不过他们与殖民对手的冲突,他们与印第安同行结盟的变化,倒是眼前这出戏的兴奋点。

有时候,他们会把自己的表演从内罗毕街头挪到伦敦街头,向帝国王权宣战,不过他们之后总是回到肯尼亚,向挤满大街的民众作报告,一变而成为即兴诗人,演说就是诗歌。贫民窟来的这一群爱和平、爱热闹、引吭高歌的穷人,令那些居住在高级郊区的富人被无名的恐惧吓得发抖,他们把自己关进华屋豪宅,手一伸就够得着枪支和电话。

莫博雅①与殖民领袖迈克尔·布伦德尔②在立法委员会的辩论中针锋相对,擦起的火花似乎时刻就要点燃一场燎原大火,但这些火花,遵循英国议会的传统,被关在立法委员会彬彬有礼的会议室里。那些绅士们总是西服套装,偶尔才对穿非洲服装的人点点头,他们要的就是大权在握。不像那些头发长长、手中持枪的游击队员,浑身肮脏,披着破烂衣裳和兽皮,脚上靴子张着大口,他们威胁要夺权,要砸开高墙、砸碎锁链,解放昨日关押的史诗英雄。

我们这些"联盟中学"学生目光离不开街头上演的好戏。每一天都会带来一点新东西,影响我们对这个国家、这个大洲、这个世界的看法。如今我们校园里的各种活动都以街头全年的政治大

---

① 莫博雅(Thomas Joseph Odhiambo Mboya,1930—1969),肯尼亚工会会员,教育家,作家,自由战士,内阁部长,是肯尼亚共和国国父之一。

② 迈克尔·布伦德尔(Michael Blundell,1907—1993),肯尼亚的一名农夫与政治家,1948—1963年期间担任肯尼亚立法委员会委员,并于1955—1962年间两度出任农业部长。

舞台为背景。有时,校园活动还与街头活动面对面。在一次童子军活动中,对这种互动我深有体会。

34

童子军营,就像小礼拜堂、球场和教室一样,旨在给学生灌输服务社会的理想。童子军是志愿参加,但它具有一切令人兴奋的元素:锻炼身体与精神的自制力、忠诚、团队精神、服从权威等等,就好比一种世俗宗教,只少了那些特定精神秩序的仪式而已。我妈妈恐慌不已地提过一句,童子军这个词在吉库尤语里听起来就像"thika hiti①",是那种专门埋葬死鬣狗的人,这种相似使我对童子军运动始终心怀戒意。但在1955年,亲眼目睹童子军野营归来,带回那么多荒野冒险的故事与野生动物的知识,我大为眼红。他们衣袖上、衬衫口袋上、肩膀上的那些徽章,他们色彩鲜艳的围巾,太诱人了,简直无法抵挡。童子军还管理着员工餐厅,餐厅生意兴隆,可以买到涂黄油的面包片。不少老师也参与童子军的活动。就连凯里·弗朗西斯虽对学校的童子军活动不大热衷,可当年在剑桥时还当过童子军队长呢。

不过,童子军在"联盟中学"的惊艳登场,会令人轻易忘掉该

---

① 参见《战时梦》。——作者注

运动其实是为保卫非洲的大英帝国利益而诞生的。肯尼亚童子军建立于 1910 年,是贝登·鲍威尔勋爵①在英格兰多塞特郡附近的褐海岛开创这个运动的三年之后。最初肯尼亚的童子军仅限于欧洲人和印第安人,但是到了 1929 年,位于内罗毕的童子军总部正式承认了第一支非洲童子军队伍。

我于 1956 年加入了童子军运动,宣誓对上帝和女王尽忠,永远帮助他人,服从童子军法。我懂得了童子军必须忠诚,乐于助人;与其他所有童子军人为兄弟;谦恭有礼,待人友善,包括动物;思想、语言、行为朴素纯洁;不畏艰难险阻;无条件服从长官命令。童子军的荣誉在于值得信赖。虽说效忠女王那一点难以接受,但其他承诺与"联盟中学"、我的宗教团体或我的教养都不冲突。崇尚节俭,以最低成本获得最大效益,遇困难不绝望,想办法克服,这些全都吸引了我。我们学会的生存技巧当中,打各种绳结非常重要。我知道其中有些方式的吉库尤名字,但英语名字如单套结、方结、接绳结等等,听起来都难以对付。讽刺的是,这倒使我不再想当然,以为自己什么绳结都了如指掌。

除了增长见识,童子军还非常好玩。我喜欢在内罗毕罗瓦兰的野营,去恩贡山观赏"大裂谷"的壮丽景色,去"地狱之门"见证热气腾腾的温泉从地球的肚子里翻腾而出,真是不可思议。1956 年 10 月,玛格丽特公主造访肯尼亚,带来了尤为难忘的童子军经历。我被选中参加由五十名男生与二十名童子军组成的团队前往内罗毕,排列在街道两旁,当摩托车队缓缓绕行体育馆时,我们就挥动手中小小的英国国旗。由于身为童子军,我们占的位置更好,

---

① 贝登·鲍威尔勋爵(Robert Stephenson Smyth Baden-Powell,1857—1941),英国陆军中将,军旅作家,童子军运动创立者。

童子军:詹姆斯·麦腾戈(左)与恩古吉(右)

把路过的公主看得清清楚楚。但记忆最深刻的还是一大群娃娃挥舞小旗,乱哄哄地转来转去。

35

不过,最最令我难以忘记的童子军经历,是1957年在贝登·鲍威尔墓地举行的纪念他百年诞辰的童子军大会。那是2月22日,星期六,早晨七点,奥芒迪、奥古图和史密斯先生三位老师加上史密斯太太,陪同二十四名童子军,乘坐一辆学校卡车,出发离校,还路过了内罗毕。每一个新地名——鲁伊鲁、胡加、曼古、蒂卡——听来都很神奇。在"波斯特酒店"我们越过了干尼亚河上的大桥,干尼亚河是我这辈子见过的最大的河。我们右侧喧嚣的瀑布更是令人叫绝,不过,众多奇迹才刚刚开头。我们的车驶过穆尔伽,然后是霍尔堡,山峰高耸与谷底深邃的并列奇观紧紧抓住了我的注意力。山坡上有人赶着两三头牛沿灰尘仆仆的小路在寻找草地,玉米地里也有人在干活忙碌。

我们顺山势盘旋上下,翻过一道道山梁,来到一小片平原,塔戛纳河在这里蜿蜒流淌。据说这河发源于肯尼亚山,再与其他溪流交汇,成为塔纳河,一路流向海岸线,流入印度洋。这之后又接着爬山,朝卡拉提纳驶去,卡拉提纳以其战时农业对英国经济的支援而名声大噪。但战后,那些先进的加工厂被夷为平地,以防止非

1956年恩古吉(右)与乔哈纳·姆瓦瓦拉(左)在恩贡山远足;图中下方是东非大裂谷

洲人与白人殖民者相互竞争。行驶一两英里之后,我们来到涅里镇,这里战时是肯尼亚中部地区的首府。我一向对茂密的森林、崎岖的岩石以及其他自然蚀刻深感兴趣,但穆尔伽和涅里之间的美景令人终生难忘,它们多年后再现于我的小说处女作《大河两岸》的景观描写。这些后来激发我小说创作动力的美丽意象,就这样在我去纪念贝登·鲍威尔的路上——产生了。

下午我们参加了被称为"阿善提"的大会,也就是对贝登·鲍威尔的感恩纪念会,来自全国、全世界各地各种族的男孩子们举行的一场空前的盛会。这位偶像拥有这么多现世崇拜者,这一景象本身就值得珍藏、牢记与回想,它也是另一场殖民主义战争大流血中,各种族之间和平与合作远景的梦想。

对我来说,涅里不仅仅与贝登·鲍威尔相关。在我心底,这地方还是德丹·基玛提、斯坦利·马腾戈以及其他涅里游击战士的故乡,他们正在茂密的森林里应对艰难生存,不像我们,学习那些

1956年,恩古吉在"地狱之门",背后为天然温泉。

生存技巧不过为了证明我们对上帝、女王与殖民当局的忠诚。

为了不至于跟丢学校的小团队,我在乱哄哄的人群中推开一条路,没想到竟然和我在利穆鲁儿时的伙伴肯尼思·姆布瓜撞个满怀,真是太巧了!我俩说了一会儿话,还摆姿势照了几张相,腰带上都挂着童子军军刀。我俩海阔天空瞎聊一气,从童子军的经历到读过些什么书。与肯尼思争论对书的看法总是很开心,因为双方都挖空心思,证明自己有理。

肯尼思和我见面必争的是写作要不要执照的问题。这一回,我不再强词夺理,倒是好奇他写的那本书进展如何。他感激我那些多写简单句、多用盎格鲁-撒克逊单词好处多多的建议。他既然接受了我的好意,我就打主意要利用这一优势——嗯,要说服他信教。我太了解他的固执了,绝不能直奔主题。我一面拐弯抹角转向"耶稣乃我救主"的话题,一面牢牢抓住他不放。我告诉他应

1957年2月23日在纪念贝登-鲍威尔的"阿善提"大会上：恩古吉（左）与肯尼思·姆布瓜（右）

该研读《圣经》内容，不只是使用它语言的简单词汇。可肯尼思半信半疑，对我从英语语言结构扯到灵魂重建的狡猾企图拒绝上当。他的灵魂紧抓他罪孽的肉体不放，正如他笔下的人物深陷城市不肯走一样，甘当警察突袭与他们自己罪孽的受害者。

最终，话题离开了书本和救赎——因为这些东西我俩似乎永难一致——转向新村的生活。我俩都很诧异，住在同一座拥挤的集中村，却几乎从不碰面，而在往日的老家园，我们常常相聚。自打失去了老家园，我就被新村的忧伤氛围缠住不放。我们住在同一个村，却形同路人，各守孤独。也许这孤独来自我的渴望，渴望任何能给自己带来家的感觉的东西，但能把新村的年轻人拉到一起的活动一样都没有。我发觉自己越来越烦恼。肯尼思说他的感觉也一样。也许我们得益于中学教育和教师训练,可以带头做些事,帮助社区乡亲们找到社区的灵魂?肯尼思对关注社区精神建设的主意,似乎比对拯救他自己的灵魂更感兴趣。

36

把新村年轻人拉到一起的念头在我头脑里挥之不去。后来,4月18日,这学年首个假期的头一天,我回到卡密里胡,开始联络那些利穆鲁念中学和小学毕业班的男孩子女孩子,大家在一起探索可以共同做的事情。为了这件事,我挨家挨户造访了卡密里胡不同角落和邻村的许多家庭。我开始与老家园的不同家庭恢复联系,也发现和接触了不少新家庭。

我曾亲眼目睹,笼罩在新村上空的袅袅炊烟飘散的是悲伤,而如今已经可以看到年轻人活泼的精神在冉冉上升,这种精神表现在许多小事情上:孩子们在狭窄街的道上散步,年轻人随意在角落里聚首,偶尔还在村民家中跳舞。回到"联盟中学"念第二学期时,我对新村的感觉轻松多了。第二个"内罗毕星期六",我邀请阿兰·恩古吉、《星期六周报》大名鼎鼎的编辑和我一道回家,他喜欢新鲜,也乐意挑战自我,于是我们准备徒步走上十英里的路程。

我们发现妈妈在家。她给我们烤了些土豆充饥。阿兰后来对我说了句贴心话:这是他吃过的最好吃的土豆。他的赞赏如同拥抱,是我生命中最常浮现的美好之一。尽管我的生活不断变化,但妈妈的烤土豆已成为不变的象征。她在那棵无花果树下最后一次烤土豆的情景(她叮嘱我们也给那棵树的故事增添光彩),此后经年深深印在我的脑海中,也帮助我改变了对新村的态度。

什么祸事也没发生,头一次平安回家,平安返校。我享受着边走边聊的快乐,不用为迟到提心吊胆。我俩谈到未来的千变万化,沉浸在众多话题当中,比如如何在卡密里胡有效地推广贝登·鲍威尔的精神。一个主意悄然而生:没有童子军,干嘛不组织一家辩论俱乐部?这样一来,村里的年轻人就可以为无花果树的故事增添光彩了。

37

"联盟中学"辩论团始于1939年,是学校最老的学生社团之一。头一个论题就是:英国该不该接受德国的殖民要求?一群被殖民者在激辩两大互为对手的殖民帝国哪个更好,还要表明自己立场,站在谁的一边,岂不可笑?但这开创了辩论团讨论政治问题的传统。好辩手都是些即兴发挥的英雄,尤其是校际比赛的时候。四年级的基玛尼·恩尤基与他的"卡古莫中学"对手保罗·姆维玛之间的辩论赛就是如此。我当时念一年级,和很多同学一道见识了这两个固执巨人唇枪舌剑的厮杀,双方都使出浑身解数,争取我们的注意与支持。他俩口若悬河,连笔记都不用。他们哪儿来的勇气,竟敢站在这么多人面前亮出自己的观点?我惊诧不已,喃喃自问。

终于有一回我鼓足勇气也为辩论赛尽了一份力。论题是西方教育对非洲弊大于利。正反两方争得热火朝天,但我感觉轻浮可笑渐渐占了上风,损害了这个议题要求的严肃性。想到从前我与恩甘迪就教育、土地和宗教交换过看法,于是我举手要求发言。当时的辩论赛大多被三四年级的同学主宰,一个一年级学生竟敢插嘴,令众人感到惊异又好奇。我词汇贫乏,口齿又欠伶俐,但我有激情,思路清晰。我高高举起一支铅笔,让所有目光都盯住这支铅笔,然后开始讲故事:有个人来到你家,夺走你的土地,用一支铅笔做交换,这交易公平吗?我倒情愿他留着他的铅笔,我保有我的土地!就这么几句话,我挖空了脑子,坐下来时还紧张得气都透不过来。但是随即爆发的掌声告诉我,这个比方打得好,甚至可能有助于扭转方向,有利于正方。当然喽,自相矛盾也一清二楚:我们大家对这个议题不论肯定还是否定,却都在"联盟中学"求学,都在追随我们大加指责的西方教育。不过这件事使我懂得了用意象清楚解释复杂关系的力量。此外,我的插嘴也给辩论团的头头们留下深刻的印象。

从此,我成了辩论会的热衷参与者,即便没收到相同的效果。不过,几年下来,我和另外几个人对辩论会的形式有了看法,觉得观众中消极者太多,缺少了什么东西。

轮到我成为辩论团头目之一的时候,我们就开始商量在辩论会中间穿插戏剧表演,我想要不断燃烧的激情,至少有很多火花,而这只能来自于观众的加入。我们的灵感来自殖民者的立法机关"立法委员会",人人都知道它的缩写是 Legco。

1907年建立的"立法委员会"成员最初全是白人,辩论一些如何处置鸵鸟蛋和鸵鸟羽毛之类的问题:禁止人们从野生鸵鸟巢拿走鸵鸟蛋,禁止捕捉野生鸵鸟,以保护持执照的鸵鸟养殖户。当然还有更邪恶的辩论,要求强制立法,巩固肯尼亚作为白人殖民国家的地位。

"联盟中学"与这个威严机构打交道为时已久,甚至早在学校创办之前,它的支持者就已经与"立法委员会"联系紧密了。传教士阿瑟博士所创办的这所学校的"联合传教会"是中流砥柱,并被指定作为非洲人利益的代表。他小心守护着自己作为非洲代言人的地位，常常弄得风声鹤唳、草木皆兵，因为民族主义者如哈利·图库、乔莫·肯雅塔等人想要建立自己的政治团体，不参加他操纵的忠于帝国的组织。他为人和蔼慈祥，对自己的使命全力奉献，但他的行事做派却好像比非洲人更了解非洲人似的。直到1944年，政府才任命首位非洲人尤里德·玛图来代表非洲人的利益。玛图是"联盟中学"1928级学生，后来又在学校任教。学生也开始进入殖民机构：每逢"立法委员会"开会，学校就派两名学生前往担任引座员。1955年派的是辩论团的彼得·姆布鲁和我们二舍的级长贝修尔·吉普拉伽。

到了1957年，姆布鲁与吉普拉伽离开"联盟中学"，此后再没人对那个委员会的立法程序有过亲身的体验。但我们知道它是以两院制的英国国会为模式的，我们在课堂上学过，于是决定把我们的辩论形式改为我们所理解的议会制。

饭堂就是我们的议会，手中持一把小木槌的主席就是国会议长，观众就是普通国会议员，把人均分两半算是执政党和反对党。正反两方主辩手陈述之后，议员开始轮流发言，但不许他们直接做陈述，只能提问题，指出动议人或反方观点的漏洞，或对此前的答辩进行补充。毫无疑问，高明的提问与补充能清楚地显现发言人观点的矛盾之处。假如议院中哪位普通议员对一方观点持异议，便可以用穿过通道的方式表示抗议。不论发不发言，人人都是参与者。于是乎持异议者不时在通道两边来回穿越，造成了戏剧效果。这种穿越不时引起双方的冲突，他们要么大叫"欢迎！"，要么大骂"无耻！"，害得议长不断地敲木槌。

很快，辩论语汇中就出现了"政治家"与"骗子"这两个词。这是将政治角色一分为二的方济会式做法。起先这两个词招来一片笑声,因为谁都知道这是在幽默地挖苦凯里·弗朗西斯,但后来这两个词就有了自己的意义,成为激进派观点对阵保守派观点的标签。骗子比政治家更受欢迎,他们极端却常常无聊的质问带来更多戏剧效果,引起观众热烈的掌声、口哨声和嘘声。每逢此时议长就会嚷嚷:秩序!秩序!对观众大谈国会礼仪,威胁要命令卫士将不守规矩者逐出议会。有位发言人答辩时总是引用丘吉尔的一段话开头:正如我刚才所说,我被粗暴地打断了。他爱用的另一句是:先生,您明白吗,您的回答就是个谜,裹在神秘中,塞在难题里?打那以后,发言者们就纷纷争先恐后借用国内外政客的口头语。

在这种新的辩论形式下,有两种观点十分突出。你想要和平,就得准备打仗。这个动议由我提出。尽管我并不笃信这个命题,但雄辩术比个人信念更重要。

我的主要论点是,一个民族如果自己没有战备,就容易成为好战者的目标,而那些积极战备者则有法子保护自己,拥有通过谈判求得和平的地位。武装自己就是一种遏制,美俄之间的冷战就是如此。我用那个马基雅维利式的谚语作结语:足见,所有武装起来的先知都兴旺发达,所有缺乏武装的都倒霉遭殃。针锋相对,以牙还牙。越来越多的人穿过通道走到我们这一方。我方显然胜利在望。主战派似乎比主和派招来更多赞美。

不料,关键时刻跳出一位主和派,比喻打得既鲜明又生动:你种什么就收什么。你种土豆,就别想收玉米。你要战争,就会有战争,你要和平,就会有和平。轮到我总结时,只能承认这观点无懈可击。

总而言之,我们对国会制度的理解满足了我们的需要,活跃了辩论现场的气氛。我完全不知道数年后,这个新形式会以最想不到方式进入我的生活。

38

于 7 月 31 日开始的八月假期给家人带来好消息。我哥哥的妻子从"卡米提重度警戒监狱"回到了家,我们还得知古德·华莱士已被挪到"疏散线"的最后一站,简直就在我们村子隔壁。

"疏散线"是殖民当局设立的一种制度,用来疏散释放关押在众多集中营的犯人。那些无论遭受辱骂还是折磨都不肯低头、拒绝与审讯者合作的人,依然被关在最严酷的集中营,而那些不同程度上愿意合作的人就逐步被换地方,直到被疏散在离家最近的集中营,最终被允许重返集中村。

我哥哥声明终生听任耶稣支配之后被视为愿意合作。古德·华莱士从来不懂,基督教价值观与寻求解放的价值观之间有任何矛盾之处。据我回忆,在非洲东正教被禁之前,他一直如饥似渴地读《圣经》,还经常参加该教会的主日礼拜。

自从他扛枪打游击以后,我就只在中学升学考试前一天,他下山来祝我顺利的那次见过他一面。现在我特地穿上"联盟中学"校服告诉他,他的祈祷和愿望都实现了。他和其他囚犯在一起,但被允许走到铁丝网隔离墙跟前来。恩吉尼亚这座监狱戒备并不森严——哪个眼看就要获释者还会逃跑呢？国家依然需要这些自由战士被当作阶下囚、普通罪犯，而不是人民政治想象中的英雄。但在我眼里，古德·华莱士永远是英雄。看到关在那座牢笼里的他，我悲喜交集，强忍泪水。他一眼就注意到我的卡其布短裤、衬衫和蓝领带。他一脸笑容，全是感激与满足，仿佛我那身校服就值得他经受的全部苦难似的。我们分手时，他以兄长的本能脱口而出，提醒我脱下校服换上常服，当心别把校服弄脏、弄皱了。这句叮咛说明了一切——他经受了警察追捕、深山老林和集中营，终于幸存下来。他活着，而且活得挺好。

和哥哥重逢后好运再次降临，我跟以前那些曾设法组织起来的男孩女孩们又见了面。多次商讨之后，我们决定不办辩论俱乐部，而是组织一场活动，吸引我们的父母也来参加。我们敲定了一些曲目，打算暂定在十二月举行的表演会上演唱。既然学期中间大家无法全部聚齐，那就按就近原则分成小组，同一所学校的同学一起排练。只要每个人都学会唱那些歌，机会一来全体聚齐，合练起来就容易多了。

9月5日，再返"联盟中学"开始1957年的第三学期时，我心花怒放，因为我已组织好了一个演出团来改善新村的社交生活。不过最快乐的记忆还是与我哥哥的短暂相聚，尽管我们中间隔着一道铁丝网。

39

　　10月4日,第三学期一个月后,苏联人,或者按照我们的说法是俄罗斯人,向太空发射了"伴侣一号"——有史以来第一颗环绕地球轨道飞行的人造卫星。不知何故,这个消息在学校里并没引起多大动静。但是到了11月4日,一切都变了。消息传到了肯尼亚,因为已经传遍全世界,那些俄国佬又发射了"伴侣二号",还携带了叫做"莱卡"的一只狗。这件事招来了殖民地白人四面八方的喧嚣和抗议:俄国佬居然让一只狗到太空去送死!

　　在学校的一次紧急大会上,凯里·弗朗西斯强烈谴责了这种残忍的预谋。有些同学不明白,死在太空里的一只狗为何招来如此的愤怒与悲伤。而在我看来,"莱卡"与天使"马莱卡"押韵,听起来就好像一个天使被送入了太空,不是说天使们就住在云层上面的天堂里吗?难道把一个天使送到天堂去死吗?

　　后来我得知,"莱卡"其实是莫斯科街头的一条流浪狗。吉库尤语把流浪狗叫做"ngui cia njangiri",或者更简单地叫做"njangiri",这个词也指无家可归者和不负责任者。虽说我被狗咬过,可我从来受不了狗凄厉的惨叫:这叫声令人恐惧地联想起人类痛苦时的惨叫。

在我们新村,野狗成群结队游荡街头,好比一伙打劫强盗,常常相互争抢剩饭剩菜。饿狗胆子大,有时竟咆哮着从小娃娃和老人手里夺走食物。殖民政府一定是下过命令要减少流浪狗的数量,因为一段时间以来,不见孩子们追狗寻开心,倒见持枪的警卫队追捕并开枪射杀狗群。追捕野狗成为殖民地一项正式运动。三四名警察可以翻山越岭追杀野狗,互相比赛看谁猎物更多。狗们拐来拐去飞速狂奔,常令神枪手们望尘莫及。

然而在整个追猎流浪狗的战役中,竟然从未听到有谁发出过抗议。可如今人们却在为"莱卡"大嚷大叫!回头想想我们村被打死的那些狗,我不由得发现,这多么讽刺啊,正是来自莫斯科街头的一条流浪狗起到了人类都起不到的作用,尽管它是身不由己,被迫选中成为大肆渲染新世纪到来的工具。街头民众再一次显示了它的威力。

40

为反殖民主义运动担忧的人们常常暗自悲歌,歌中唱到,爱国者基玛牺牲之时连月亮和星星都在泣血悲伤。月亮是年度莎士比亚剧目《仲夏夜之梦》中一个至关重要的象征。这出戏向我展现了戏剧的真实魔力:它的戏中戏结构,它那整体的仙境氛围。在这个仙境中,现实与梦幻交织在任由身份错位的激情当中;它的运用情水来制造情感的混乱与清醒,诸如此类,似曾相识,令人想起非洲的那些口头传说,变形正是这些传说的共同特征。

在"联盟中学",我从没写过也没导过一出戏,但却是学校上演的那些剧目最终成就了我与利穆鲁年轻人的这场演出。我们要举办一场分为两部但又相互关联的表演,最终以圣诞庆典来结束。头一部大概算作音乐会,包括我在"联盟中学"跟约瑟夫·卡瑞基学会唱的多首美国南部圣歌,用这些歌把围绕新生命的主题串联起来。第一部其实是为第二部做铺垫,第二部将再现东方三博士之旅。当三位国王手捧没药和乳香从外面走进卡曼杜拉教堂,沿着通道走向祭坛的时候,参加第一部演出的人要加入合唱:

啊,照彻黑夜灿烂星,

> 光辉晶莹君王星,
>
> 指向西方,不断发光,
>
> 领我进你光明中。

祭坛旁边的马槽要发出灿烂的光。我给传统的东方三博士之旅又加上了一段喜剧穿插:一支庆祝队伍,表现几个本地牧羊人在寻找一只丢失的绵羊,在同一个马槽旁边找到这只羊时喜出望外。他们以为丢失的绵羊现在已经生了一只羊羔,正在马槽里给羊羔喂奶,却发现所说的羊羔原来是人形,便大感不解。但是得知新生儿就是上帝之子,便与另一支庆祝队伍一道载歌载舞,庆祝新生命。这个主题将美国南部圣歌、圣诞颂歌与一些吉库尤传统民歌糅为一体。

卡曼杜拉教堂从未有过这样的表演,演出成为教会和新村的一大新闻。村中老人在爱德华·玛塔姆比带领下来和我说,要我把这群孩子训练成教会唱诗班的主力。这个邀请很诱人,但要把这么多不同的人组织起来费力又费时,我们没能继续下去。

对我而言,这场演出有助于加强我与卡密里胡村的紧密联系[1];但对许多其他人而言,在反抗殖民主义的斗争中,对新生命的向往这个主题或多或少正合他们的心愿,这也算我的意外收获:南部圣歌与圣诞颂歌体现的是对一种新生活的期盼,而这个主旋律,不论新村居民们站在政治斗争的哪一方,都会伸手拥抱。

---

[1] 我对社区戏剧的兴趣从此开了头,这兴趣的后果将改变我的生活。参见剧本《我高兴什么时候结婚就结婚》与《被拘留:冬日坐牢日记》。——作者注

1958 年

两种使命的故事

41

　　自从"联盟中学"最后一年的第一个学期起,街头与国家立法会议厅里轮番上演的政治大戏就让我们眼花缭乱,越看越糊涂。紧跟三月大选之后,这些戏达到了高潮。这次大选又增加了六名当选非洲人委员,在宪法修正案——"伦诺克斯·博伊德①计划"指导下,黑人委员总数达到了十四名,第一次与欧洲人委员人数相等。

　　欢迎六位直选成员进入"非洲当选成员组织"——AEMO 的同时,该组织否绝了"伦诺克斯·博伊德计划"的相关部分,这部分规定,可增补十二名特别当选委员,每个种族群体四名,都在同一份不分种族的名单上。但是,假设当选委员人数与所代表的种族人口成正比的话,那一名欧洲人得到的权利就相当于数百名非洲人了。

　　AEMO 已经学会了应对策略,对任何协议中有利于非洲人利

---

① 伦诺克斯·博伊德(Alan Tindal Lennox-Boyd 1904—1983),英国保守党政治家,1954 年出任英国殖民地事务大臣,在此期间肯尼亚殖民地爆发了茅茅起义。

益的部分都表示同意,对有悖于非洲人利益的部分坚决表示反对。3月25日,在大选后的第一天AEMO就发表了一项声明,严厉谴责那些参加竞选特别委员席位的非洲人,把他们斥为小丑、内奸和黑皮肤欧洲佬。

4月16日,我们放假的头一天,政府指控那份起草讨伐内奸檄文的七个人犯有诽谤罪与煽动罪。这个案件正值我们第二学期期中发生,一时轰动不已,最引人注目的就是"quisling"这个词。就连同学中间对词汇最上心的菲利普·奥康都不明白该词的词义,大家只好乱翻词典,但有的词典并没收入这个词。原来这个词非常具有讽刺意味,是四十年代英国新闻界杜撰的一个词,它来自挪威的法西斯头目维德昆·奎斯灵①的姓氏,此人在希特勒入侵自己祖国时竟与敌人狼狈为奸。丘吉尔后来在1941年对美国人发表讲话时使用了这个词,点燃了一场愤怒的烈火,这烈火在反抗纳粹分子可能野蛮入侵他的祖国之际,已在英国人民胸中熊熊燃烧。十五年后,肯尼亚非洲人的领袖也使用这个新造词,反对那些被认为与野蛮的英国入侵者狼狈为奸的家伙。政府的审判结果仅对七名被指控者每人罚款七十五镑,而此时民族主义的烈火已经燃遍全国。

政府官员最害怕的局面很快就缠住他们不放。街头与立法会议厅里的戏剧性场面已发展到完全不同的新水平。6月26日在立法会议上,奥金伽·奥丁伽宣布,肯雅塔及其他与他一起坐牢的人依然是肯尼亚人民的领袖。甚至他AMEO里的同事也大吃一

---

① 维德昆·奎斯灵(Vidkun Abraham Lauritz Jonssøn Quisling,1887—1945),第二次世界大战挪威被纳粹占领期间曾任挪威政府首脑,二战结束后于1945年10月24日在奥斯陆被执行枪决。"quisling"这个词从此成为叛贼、内奸的同义词。

惊,犹豫不决。国内形势风起云涌,要求他们支持奥金伽·奥丁伽的立场。他把街头民众的力量带进了立法会议厅的政治体制,街头民众取得了胜利。随后街头民众的战斗口号就变成了:肯雅塔要自由!

42

　　这一年政治大事件也许很多，但对我们来说，四年级是整个受教育阶段最大的一场考验，就好比有一把达摩克利斯剑时刻高悬在我们的一切思想、一切活动之上。迄今为止，我每一年的学校生活都有其内在的动力。第一年，我满怀期望要熟悉学校，要安顿下来；第二年，一年级新生的到来增强了我的归属感；第三年，我变得泰然自若，觉得自己就是主人。

　　到了第四个年头，我完全学会了与组成"联盟中学"理想的三大处所和谐相处：教堂管灵魂，操场管身体，教室管头脑。然而，伴随这成功的却是一大矛盾：现如今，每一项活动都成为天鹅绝唱；每过去一天，就距离那个未知的结局更近一步。一路走来，我发现前途渺茫，对面临的形势想取得心理平衡恐怕只好借用约翰逊·奥特曼带领我们在小教堂唱的那首赞美诗了：

　　　　当你遇见苦难，如波涛冲撞；
　　　　当你忧愁丧胆，似乎要绝望；
　　　　若把主的恩典，从头数一数，
　　　　必能教你惊讶、感谢而欢呼。

43

　　我们三人读经小集团的散伙,把我之前依赖群组的精神生活连根拔掉了。奥芒戈和我还继续与 E. K. 见面,但那种集体精神已不复往日。我可以去总能找到的地方寻求精神慰藉:小教堂和主日学校。这座有着哥特式尖拱顶的跨信仰小教堂建于 1933 至 1934 年间,它是上帝驾临学校的象征,是支撑学校工作与服务的动力,但也不断提醒着人们"联盟中学"与殖民当局的团结一致。

　　学校教堂没有驻堂神父,主要靠邀请在俗教徒、牧师和主教来主持。圣坛后面出现的各种人物让我好奇无比。有些讲道者直取你的心灵,有的则吸引你的精神,有的合二为一。一般来说,诸多仪式都很严肃沉闷,反省深思,但也有不少表演,因为这些仪式的程序虽然固定,但每位讲道者也会给圣坛带来他自己的方式与怪癖。

　　1956 年 12 月,原先主持卡胡亚的英国海外传道会的汉得利·胡珀牧师来学校主持主日礼拜时情景就是如此。他站在圣坛后面,显得个头高大,沉着冷静,并无惊人之处。可是,当他拿起一只盘子来演示说明问题时,盘子却从他笨拙的指缝间滑落,砰地掉到地板上，摔成了碎片。我惊得目瞪口呆。只见他不慌不忙，慢慢地弯下腰去，一片一片地拾起那些碎片。他说，准备接受主耶稣的一颗心，就应当被屈辱与忏悔打成碎片。圣灵会把这些碎片拼合，变成一颗完整的心。打碎盘子虽是真，但他却是在演戏。那些以前听过他讲道的人说，见过他的另一些表演，内容虽不同，但同样能吸引听众注意他传道的主题。

这个社区所有的学生、教师与员工都必须定期去教堂，这是大家表达自己对学校的理想尽义务的基本方式，这个理想就是培养忠实的基督教奴仆。在课堂努力学习，在运动场积极锻炼，参加社区的课外志愿活动，统统都是实现理想过程的一部分。志愿活动最能表现尽义务的精神，因为除了服务本身并没有任何其他回报。对我来说，四年来始终服务于主日学校就是我所尽的义务与回报。

我怎么会去离我们足有五六英里远的基努主日学校，而不是去紧挨学校的地方当志愿者，自己也说不清。去基努真是考验人的意志与决心，你得越过恩杜拉拉河，还得翻过许多山峰与峡谷，穿过埃图卡亚森林。去了还得回吧，所以，去基努主日学校得花上整整一天时间。

1957年底，我接手这所学校的服务队，做了四名新队员的队长。礼拜仪式我了如指掌。小学生们先集合做准备，然后分散到不同屋子去见不同老师，最后再集合在一起做结束祷告，基本都是念主祷文。队长要主持开始仪式和结束仪式。过去三年我亲眼见过别人做主持，样子很轻松也很威风。蒙上眼睛我也能完成这套例行公事。可轮到我真的站起来，面对所有注视我的期待目光时，我一下子感到重任在肩。祷告终于快要结束了，我心中暗喜，松了口气，现在我应当威严地宣布准备结束祷告并背出主祷文的第一行：我们在天上的父……可能是太紧张的缘故，我把词给忘了，顿时冷场。无奈之下,我只好信口瞎说:上天宽恕;赐给我们天堂。幸亏孩子们非常大度,不理会我的窘迫狼狈,把主祷文从头唱到了尾。

我有些震撼。以前总以为只有演员才会怯场,现在我算明白了。早在卡曼杜拉上小学时,我就把主祷文背得滚瓜烂熟,可如今大显身手的时刻到了,我却呆若木鸡、丢人现眼,教训太深刻了。1958年其余的主日都很顺利,这个地区的家长、孩子们都和我熟络起来,知道我是"老师",有时还邀请我和我的队员去他们家里做客。

我的多数同学不参加主日学校志愿服务,下午便办办私事,或在校园里转转,读书学习,跟家在附近的同学去做客,或走路到山谷那头跟"对面的姑娘"约会。这些同学晚上回校后有好多故事可讲,吹得天花乱坠,好像讥笑我们这些礼拜日书呆子错过了多少好机会似的。当然了,任何教娃娃读经书的故事,也比不上他们与那些小美女在那魅力四射的山谷里的艳遇啊。

但我不打算为出门社交而放弃我的主日学校。孩子们热切的脸蛋使我回想起自己在卡曼杜拉主日学校感受的神力。后来,我个人与福音教派的戏剧性经历又巩固了我对教会的信仰。这信仰开始于我们的小集团之前,并在小集团解体后依然存在。即使准备重要考试,我也从未停止过一次基努主日学校的志愿服务。

44

　　无须大惊小怪,体育运动当然是"联盟中学"必修课之一,因为体育培育身体,正如教室培育头脑,教堂培育灵魂。国际象棋虽不是必修课,却有益性格培养。所有这些共同造就了服务社会的强健人才。尽管自格里夫斯掌校起,体育运动就很重要,但却是凯里·弗朗西斯把体育摆到了至高无上的地位,犹如一座俗世的教堂。他给马斯诺和"联盟中学"带来了他年轻时在英国获得的体育激情,当年他当过英式足球、板球和网球队长。在剑桥的三一学院,他还是英式足球的"前十一名"①呢。

　　任何团体运动我都不出色。我的协调性差到滑稽可笑的地步。球场上,那只足球要么故意躲我,要么从我身边飞过,嘲笑我踢向空中的腿。曲棍球杆也从来打不中那只曲棍球。不过,我的室内游戏却很棒,虽说这些游戏算不上学校理想的核心。这些游戏一般被认为是娱乐为主,但我觉得它们同样熏陶性格,训练大脑与灵魂。

---

① 前十一名等同大学校队。——作者注

1950年,大卫·马丁开办国际象棋俱乐部伊始我就加入了俱乐部。我家不是封建家庭,起初我对这些中世纪人物的地位从高到低依次下降,王、后、马、象、仆或兵都必须保护王,纳闷不解。不过一旦掌握了游戏规则,我就喜欢上了。当时棋艺最高超的是尼科迪默斯·阿西尼奥,他总能提前布局好几步。他早就发现了兵的厉害,有时为了保兵和局面宁肯牺牲后,这一招实在令人崩溃。这成为我终生的教训:即使地位最低贱者也有巨大的潜力,或者正如那句吉库尤谚语所说的:"大雨也从第一滴开始。"象棋与其他运动相比,忠实追随者少得多。有人认为它速度太慢,另一些人觉得它既费脑筋又要谋略,真是一场战争游戏。棋盘博弈既需要心理耐力,还需要战略眼光和多变战术,这正是我喜欢下棋的原因。

　　桌球,我们又叫它乒乓球,是我得心应手的另一项运动。当时最出色的冠军是菲利普·奥奇昂和斯蒂芬·思卫,他俩挥舞球拍就像艺术家,给花样百出的击球手法——正手球、反手球、弧圈球、吊球、削球、旋球、扣球——又增添了双脚的快速移动,不论哪个角落都能把球捞回来,不管你球飞得多快,力量多大,他们都一副冠军的轻松傲慢劲儿给你打回来。有时候他们仅仅玩一把防守技巧就能把对手累垮。我从来摸不透他俩,败给他俩的回合比战胜他俩多得多。等到他俩相互交手,旁边球台的人就纷纷罢战,都来观看两位高手拼个你死我活。

　　每个男生都必须参加货真价实的运动,比如足球、曲棍球、体操和排球,而且态度要认真,就像在教堂和教室里一样。宿舍之间与学校之间经常比赛,确保学生广泛参与。当然各人体力不同,并非每个人都适于各项运动,但重在参与。观战和喝彩对所有比赛都是必不可少的。凯里·弗朗西斯就是一位最热心的观众,每逢"联盟中学"选手出现失误,他就气得踢腿咬牙、咚咚跺脚。他还

恩古吉(右)与尼科迪默斯·阿辛乔

特别强调竞赛公平与队友分享,英式足球和曲棍球场上谁要是唯我独尊,他一定大发脾气。获胜时,他要我们表现谦卑;失败时,他要我们汲取教训,以利再战。

"联盟中学"的田径赛是体育王冠上的宝石,我最爱参与,也最爱观战。我喜欢跳高的美感,而且从小学起就迷上了赛跑。一百码或两百码的冲刺集中于一瞬间,它的叙事、韵律与刺激就好比你在读一部短篇,开头还未及品味,结尾就已戛然而止。但长跑从一英里到马拉松则好比一部长篇,赛跑者用自己的身体在叙述、在表演;集体叙事慢慢铺展,渐渐加速,给观众足够时间追寻不同选手人物的不同策略,不断提高观众对后面情节的期望值。

我代表我们宿舍参加过初中部跳高比赛,惜乎落败。但在一英里长跑中,我基本跟别人不相上下。一英里或更长距离的赛跑,是意志的拼搏精神与不断劝你投降的魔鬼之间的一场较量。我从自己头一次的越野赛跑就懂得了这个道理。全校同学都参加了这场比赛,开头几码大家挤做一堆,但继续往前,跑下学校的山坡,顺着山谷再爬上山梁,再跑下平地时,大堆的人群就逐渐分散成一个个小组。

我努力跟上领跑的那一组,感觉良好,自信满满。可是忽然听到体内有声音嘀嘀咕咕劝我慢下来、慢下来。这个诱惑好厉害,其威力足以令人停滞不前。我不予理睬,但是越接近终点,这些嘀嘀咕咕的声音就越大。终于,我听从它们的召唤,放慢速度,从跑变成了走,期望两脚能得到休息,重新点燃能量。可是做不到。两条腿突然沉重得如同灌满了铅。很快,几乎背后所有小组都追了上来,跑到我前面。

下一次的比赛中,我努力打败心中的小魔鬼,一步接一步坚定地先前跑,努力追上前面的人,绝不向那些魔鬼的嘀嘀咕咕投降。最后,我取得了前二十名的成绩,并一直保持了这个纪录。不过那些魔鬼也从不后退,每次比赛都是一番新的较量,诱惑越大,我决心越大。正是这种拼搏使我明白了,"跑好比赛"为何对基督教方济会的理想如此重要。多年以后,奔跑成了我作品中的一个重要象征,尤其在《一粒麦种》这部小说里。

45

"联盟中学"与许多学校竞争,当时的肯尼亚这些学校各自为阵,互不平等。横跨三大种族群体的教育绩效很难进行比较,所以体育运动就具有了象征性价值,成为进行能力比较的唯一途径。但种族意识依然影响着白人与黑人之间的任何正面交锋,尤其在体育运动方面。

记忆犹新的一场球赛——我虽仅为观众——却与那些竞争的学校无关:是"联盟中学"与一支欧洲俱乐部劲旅"苏格兰队"的唯一一次次比赛,我校主场。至今还记得凯里·弗朗西斯千叮咛万嘱咐,不论输赢,礼貌要紧。我们这样一支学生队伍输球不丢人,能与"苏格兰队"对阵的机会本身就是荣耀和奖励。他反复严令禁止犯规,哪怕踢不中球,也不准踢人家的腿。

不论他是否故意激将,这番赛前讲话取得了相反的心理效应。"联盟中学队"的球员好似魔鬼附体,简直踢疯了,上半场跟"苏格兰队"竟打成平局,全队斗志冲天,而"苏格兰队"则士气大跌。下半场"联盟中学队"首先进攻,并死咬住不放。比赛打到大约最后半分钟,哈德逊·伊姆布思在"联盟中学"球门边用脚挡住了一次射门。人人以为他会带一带球,然后对准敌方远射一脚,可他躲开四面八方的穷追与进攻,一路带球蹿过全场,随即一脚射门,进球得分,恰恰在哨音吹响之前那一瞬间。这番个人表演犹如一个惊叹号,令全校掌声雷动,令对手万分沮丧,"苏格兰队"垂头丧气地离开球场。本来平局就算得上我校的精神胜利了,可居然还彻底赢了!凯里·弗朗西斯这位团队精神的坚定拥护者,认为那番个人表演愚蠢,非常愚蠢,不过他对此其实也没真生气。"联盟中学"的胜利大大增强了我们的自尊心:一支半职业球队都是我们手下败将了,那些白人学校像"约克公爵中学""威尔士亲王中学"之类,就更不在话下了。

然而,"联盟中学""约克公爵中学"与"威尔士亲王中学"之间体育竞争的三角形,比简单的竞技比赛更像一场白人与黑人之间的决斗。不论自觉与否,每一场白人与黑人之间的体育比赛,都成为这个国家种族权力之争的一个象征。

除了体育,与"约克中学"和"威尔士中学"之间的社交与学术交流本可以改变这种局面,但这些交流少之又少,仅仅限于偶尔派几名学生互相出席对方的音乐会和戏剧表演。主客双方礼貌有加,但缺少自然而然的交融。"联盟"与"威尔士"之间会派几个班同学互访,互为主人,就像一场事先安排好的上流社会小姐初进社交界的舞会一样,满怀希望的家长在一旁转来转去。这种交流后来也放弃了。大约就是在这种场合,我第一次单独与来自"威尔士亲王中学"的安德鲁·布洛克特交谈,第一次结识了一名白人学生。谈话很短,本来连他姓名都会忘掉的,如果不是因为数月后,在我的最后一学年,我们在一次志愿服务的野营活动中再次相遇的话。

46

作为一种新现象,多种族志愿活动和青年营远不如童子军、攀登乞力马扎罗山或体育运动受重视。参与这些活动虽然得不到公开嘉奖,可还是深深地吸引着我,也许是因为我依然在寻找一个团体来取代失去的家园,或者只是积极响应这些新颖活动以及时代的氛围。

变化就要来临的氛围清晰可见,善意的人们正在把不同种族拉到一起,好弥补长期以来各自发展的缺憾。"肯尼亚联合俱乐部"与"魔蝎座联合会"等团体率先领导了这些亲善活动,这些活动虽姗姗来迟却比大家老死不相往来好得多。这些团体把变化当作一个简单问题:要不要邀请思想相近,地位相近,教育、财产与举止均够资格的非洲人来一道喝喝酒、吃吃饭呀?其他实验则试图通过志愿者青年营把白人青年与黑人青年拉到一起。

我不清楚为何姆通基尼被选中进行多种族、多民族实验的场地。该地区具有历史和地理的重要意义,是连接肯尼亚心脏与海岸线的一部分,在"联盟中学"也有不少学生。但这地区最重要的领袖是军人殖民长官卡西纳·恩杜,他非常忠于英国政府,曾经有一回当局要他选择奖品,他竟然恳求赏他一面英国国旗。在克服个人磨难上他也显示出惊人的内在勇气:1953年参加女王伊丽莎白二世加冕典礼归来,一个邻居砍掉了他的双手。暴行的动机是妒忌、政治抗议还是报复不为人知,但被截肢也挡不住他效忠殖民政府的活跃与忠诚。

姆通基尼青年营是由西肯尼亚一些贵格会教徒组织的。三名"联盟中学"的志愿者当中,我是唯一家不在这个地区的人。期待中的多元化并没实现。一个亚洲人都没来,"威尔士亲王中学"的安德鲁·布洛克特是唯一的白人学生。他和我一起回忆了在"联盟中学"的短暂邂逅。他已完成中学学业,正等待牛津大学录取他攻读历史。我奇怪他为何来一个全是黑人的地区参加活动营,他承认说选择志愿服务不是单为喜欢,而是要躲避一份夫殖民政府执行不公平法律的工作。我不由想起给我特别通行证上盖公章的那个"约翰尼小子",从他手里我逃之夭夭,那个青年就可能曾是这样一位学生,不过此事我对他只字不提。

这话题把我们带到了种族问题,但我们讨论的不是经济和政治,而是心理。社交种族隔离造成人们的相互误解,引发对不明情况的恐惧,这又反过来造成更多误解,形成一个相互无休无止怀疑与仇恨的怪圈。我们对活动营挺满意,都觉得加强交流可以减少种族间的紧张气氛与陈规陋习。多年后,在我的小说《孩子,你别哭》里,这个场景再现于虚构人物恩乔罗格与斯蒂芬的邂逅,不过把地点换到了校园而已。

活动营的多数人来自西肯尼亚贵格会主办的"卡姆星伽中学"。我见过其中一些人,他们是卡姆星伽唱诗班的成员,参加"内罗毕音乐节"返校途中曾访问过"联盟中学"。这些人真是欢天喜地,不像客人倒像主人,呼啦一下冲进我们的校园,放声歌唱,宣布他们的到来：

> 我们快乐又开心，
> 就像树上的猴子；
> 我们快乐又开心，
> 就在今天晚上。

他们把自己坐的卡车当成一面移动的大鼓，边敲边唱节奏分明好听易记的小调。正是他们的活力与激情使那支小调长久留在我记忆中。姆通基尼营地上来自卡姆星伽的这群人——其中有大卫·瓦加拉·威利姆、大卫·奥库库、扎罗、阿尔发尤、费迪南·桑达吉和玛布提·利塔巴——给营地带来了同样的激情与活力。他们与白人老师的关系比我以前见过的任何师生关系更轻松、更和谐。

我们的项目与修建一座社交大厅相关，这座大厅将成为姆通基尼社区中心的心脏。欧洲来的贵格会教徒石工、木工手艺高明，我们跟他们学如何制砖、烧砖、砌墙，如何使用经纬仪和其他石工、木工工具，这过程唤醒了我在家乡利穆鲁古德·华莱士的作坊里干活的那些日子。一天劳作之后，我们就和当地社区的人一起踢足球、打排球，也和当地球队比赛，但不是总赢。有时我们还与社区举行联欢晚会，一起讨论。在这些安静的时刻，当地"非洲内地会"的牧师就会主持教会仪式。每周一次的远足以及在附近的登山活动，也有助于建立一种真诚的社区精神。

这是我头一回与坎巴人打交道。虽说两大居民区传统上曾为边界发生过小摩擦，双方的关系主要还是做买卖。记得那些走乡串户的坎巴女商贩在赶往下一站的途中，我妈妈曾留她们在家里住了一两夜。这一次我来到了他们的地盘。几位长者常到我们营地来,他们和我熟知的吉库尤老人很相似。我说吉库尤语,长者们说基坎巴语,两种语言同源。也许正因为相近,反而造成了语言交流上的一些误会。

这些老人似乎很喜欢我,说起话来不时用 *Mutumia* 这个词,但这个词在吉库尤语里是"女人"的意思。他们为何叫我女人?我纳闷又着急。可从他们的语气或身体语言中又没发现任何羞辱或厌恶的意思。我只好向"联盟中学"的同学斯蒂芬·穆纳诉苦,他家人就住在姆通基尼,所以不在营地过夜,只参加白天的活动。他一听就哈哈大笑,说这个词在基坎巴语里的意思是"尊长"而不是"女人":老人们是在表示对我这个年轻人的尊重和接受,把我看作他们中的一员。

这次营地活动还让我了解和体验了鼓的力量。鼓这件重要乐器对吉库尤人来说不如对坎巴人重要。一天晚上,我们听到鼓声咚咚,在召唤我们去他们的地盘观看著名的坎巴杂技。我们决定去看看表演。夜色黢黑,只有星星和月亮点点光亮。但没关系,持续的鼓声清晰可闻,就在附近。我们就顺着去基图镇的路走。每次拐过一个弯,翻过一道梁,以为来到了鼓声发出的地方,随后失望地发现:那鼓声好像还在下一座山里!有的人放弃了,打道回府。最后只剩下威利姆、奥库库和我,我们下定决心非找到这力量的源头不可。

不知走了多少路,总算找到了鼓声的发源地,原来是在路边一片矮树丛里。眼前只见一片空地,中间有一堆篝火,围绕篝火的是一些小伙子,他们一面击鼓一面跳舞。这可不是我们原先想象的大场面啊,不过是几个附近的年轻人晚上出来散散心罢了。我说吉库尤语,威利姆说斯瓦希里语,我们自我介绍一番。人家表示欢迎后,就接着击鼓跳舞,而且比原先跳得更起劲,因为有外人来欣赏。我们的到场和浓浓的兴趣,给他们习以为常的练习和自娱自乐增添了新的活力。但看了一会儿,也没发现什么特别之处,我们就打算动身离开。不料,我们以为拘谨的舞蹈者们突然腾空翻起了跟斗,不时还成对儿腾空,表演身手不凡的空中杂技,黑夜背景之中火光闪闪,使他们显得格外神秘鬼魅。击鼓者们仿佛魔鬼附体,上身阵阵颤抖,仿佛没有骨头。接着,他们轮流跳起来,鼓紧紧夹在两腿之间,两手依然节奏急切地打着鼓。看起来他们像是在比赛,竞相敲击的鼓声促使他们越跳越高。突然,一切静止无声,那篝火也只剩下一堆红红的余烬。看到客人们佩服得瞠目结舌,他们显然非常高兴。我们动身告别的时候,他们说我们其实已来到了基图镇的郊外。夜晚的鼓声靠不住,听起来很近其实挺远,我这才明白。自那以后,每次见到乌卡姆巴尼人和坎巴人就会想到夜色四合,鼓声咚咚,人影在空中翻出各种花样,但一切尽随着那堆红红的余烬戛然而止。

47

　　社区活动的经历深合我意,同年不久之后听说另一项青年活动又将开始,是由"肯尼亚青年旅社协会"这个新社团组织的,我就立刻报名参加。活动营周末举行,是一个系列项目的首次,旨在把欧洲人、亚洲人与非洲青年聚在一起。参加者被要求携带最少的卧具——这次活动要教会大家生存而不是享受。一个星期五下午,我向同父异母的兄弟姆旺吉·瓦·伽考吉借来一辆自行车,骑车抵达位于西利穆鲁的营地。这是我骑车最远的一次旅程。

　　营地选址在一堵大断崖上,在一座1899年修建如今已废弃的火车站里。一条铁轨半埋在地下,透过周边覆盖的青草依稀可见。满目荒凉,不留一丝昔日的辉煌。原指望参加一个比姆通基尼规模大得多的活动,能与来自肯尼亚各地的同学互动,却发现只来了一位叫高义达的印第安男孩和两位欧洲辅导员,一位来自教会,另一位来自军队。那军人很年轻,身穿卡其布军服衬衫和短裤,昂首阔步,军人派头十足。他让我想起1954年痛打我一顿的那个军官,以及1956年那次"内罗毕星期六"遇袭时审讯我的家伙。我心里叫他"将军大人"。他开来一辆路虎越野车,高高堆满睡袋和其他求生工具。教会的人也是开车来的,年纪大些,长袖衬衫上罩一件猎装夹克,我心里叫他"主教大人"。多鲜明的对比:"将军大人"走路大摇大摆,仿佛拥有脚下的大地;"主教大人"步步留神,小心翼翼,仿佛担心踩疼了脚下的大地。"将军大人"和"主教大人"都以为会有更多学生来参加,起码也不至于只有这个穿长裤弱不禁风的印第安男孩和这个穿"联盟中学"校服的非洲男生呀。

星期五晚上是一场准备谈话,然后就钻进那间宽敞大厅里我们各自的行军床,这地方也许有成百上千的印第安鬼魂出没,当年他们就在这道脚下"裂谷"那张着大嘴、地形极为陡峭的斜坡上修筑铁路,失去了生命。高文达和我聊了几句,期待我们的星期六大冒险,说人这么少倒也不错——我们两个能得到辅导员的所有关注。可是第二天一大早,高文达就收拾好自己的零碎,骑上他的自行车,一溜烟逃之夭夭了。现在我一个人拥有两个辅导员,这样就能得到他们完全彻底的关注了,我安慰自己。

星期六一早,带上一张本地地图,我们就钻进灌木丛,学习看地图,追寻林中小路以及其他生存的小窍门。这倒更像一场童子军的野营活动,只不过没有命名,新兵也只有一名。三个人互相没说几句话。我拿着地图埋头走路,两位辅导员干脆不理我,管自说他们的。除非我走错了路,"将军大人"才指点我什么地方看错地图,或者什么地方忽视了虽不起眼却很要紧的地标。在林中不停地上坡下坡,累死人了,给养却只有两块饼干和水。

走着走着,我领先了他们几步,听到他俩在后头争执不下,吵着茅茅游击队与政府军的事。那一刻我才忽然明白,原来他俩以前素不相识,而且对国内局势的看法迥然而异。比如说,他们对集体惩罚的殖民政策意见完全相左。"主教大人"认为只应当追究个人责任,而"将军大人"则坚持对付严守秘密的土著百姓没有别的办法。各自的论点越来越全凭假设。要是你明知有人掌握能救人也能害命的情报,而且此人就藏在自己人群里,却死不开口,那最高明的办法就是把这群该死的家伙统统问罪!"将军大人"坚持道。那殖民军队造的孽与二战中的希特勒又有什么区别?"主教大人"反唇相讥。他俩兵来将挡,针锋相对,完全把我扔在了一边。

突然,我察觉他俩已经停止前进,站住脚步怒目相向。一场斗智演变成了身体威胁。年长一些、还蓄点小胡子的"主教大人"可完全不是那个年轻一些、胡了刮得溜光的"将军大人"的对手,可他还是捋起袖子要干架。他俩挥舞拳头马上就要在林子里决一死战,太荒唐了!我吓坏了,茫然不知所措。两个白人要打架,我怎么好插嘴?!那一刻想象中我看到那位白领圈黑僧袍的圣徒,手中高举一本巨大的《圣经》当盾牌,怒对一名全副武装的军官的枪口。这个想象太过真实,我吓得要命,便故意咳嗽一声,他俩立刻呆住。僧袍、《圣经》、枪口都是我的想象,但我的咳嗽倒是立竿见影。他俩立刻装作在聊天,我应当一直往前走,找到另一条小路,"将军大人"道。此后二人再不斗嘴,跟在我后面。

等回到营地,我翻身骑上我的自行车就逃走了,一场原计三天的青年旅社活动就这样缩减为一天一夜。

48

我妈妈过去常说,出门旅行会叫你明白天下会做好饭的不止你妈一个人。青年志愿者活动证明了这句话,虽然有种种不尽人意之处。"联盟中学"与肯尼亚社区的关系也证明此言不虚。

开办伊始,"联盟中学"的民族精神就与政府按族裔原则区别对待非洲人的政策完全相悖,学校接受来自本地区不同社区的学生。到了凯里·弗朗西斯当政,就开始面向全国各地招收新生,从此这便成为学校理论与实践的一贯政策。来自北部、中部、东部、西部及肯尼亚南部海岸线的学生学校操场上都有。最要紧的是非洲教师员工也来自肯尼亚不同社区,受尊重还是挨训斥完全取决于他们的个性而不是族群根源。

我在"联盟中学"的四年中,这个政策始终占主导地位。在利穆鲁,家里来过许多不同社区的工人,但他们只是客人。而在学校里,我头一回与这么多不同族裔的人朝夕相处、共同生活、交流、比赛、争吵,能从每个不同族裔的人身上学到东西。

四年中,见过的校队队长就数贝修尔·A.吉普拉克最有意思。他的性格似乎超越了种族特点。他不会随便认同任何社区的人。我曾问过他的中间名为何缩写成 A,他说这是阿卜杜尔的首字母,皈依基督教以前他曾经是穆斯林。那你为何保留阿卜杜尔的名字呢?我问他。因为这也是我的名字,我生命的一部分,他告诉我。可爱的塞缪尔·芒盖,1958 届的队长,他的好玩又不同。他就是一堆矛盾的集合体,真拿不准他到底算叛逆者还是个小头目。他抽烟成瘾还寻欢作乐,常常破坏本该由他执行的规矩,而且还追逐女人,留下一串破碎的心和好几个怀孕的女子。尽管校方对他的道德评价不高,但是不知何故,他依然能维系学校的团结。总之我懂得了,不同族群的人都可能产生优秀领导者,也可能产生顽皮捣蛋的坏领导。

1957 年我接替 G.绍科威,当了级长,领导利文斯通舍二号寝室不同的社团。绍科威是姆泰塔人,喜欢拳击,从前还参加过内罗毕轻量级业余选手的比赛。他领导学校的拳击俱乐部,挖空心思要把我也训练成拳击手。我终于答应进拳击场试一试。我戴上红色的拳击手套,样子神气十足,至少自我感觉良好。我出手第一记横击就打中了对手的脸颊,他经验更多身体却显单薄。这一击把我们双方都吓了一大跳,他跌倒在地,我吓得摘下手套落荒而逃,从此再也没进过拳击场。我接受不了自己伤害他人还算获胜的事实,即使体育运动也不行。

任命我做级长同样完全出乎意料。我从来没有故意表现自己讨好别人,以便得到这样的任命。但既然被任命了,我就理所当然地接受。想到当年就在这同一座宿舍里摩西·盖思瑞一早就大声背诵《麦克白》台词,把我们吵醒了,我玩味一番要不要也引用几行莎士比亚的台词,把《哈姆雷特》的"生存还是毁灭"换成"醒还是不醒"?但其实真没试过。

邓斯坦同学斗一个挑战本级长。我俩同时进入"联盟中学",

原是朋友。不过他把自己视为叛逆者,用抽烟来发泄不满,常常大清早就溜下床抽烟或深夜还躲在树丛或厕所里抽烟。

"联盟中学"有个吸烟者兄弟会,成员来自各宿舍各民族。有些级长视吸烟为对校纪的最大不恭,会亲自冲进吸烟者的老窝捉拿违纪者。结果吸烟者和级长们的战斗就成了一场没完没了的捉迷藏,吸烟者吹嘘起来权当冒险,吹不完的躲避技巧和侥幸逃脱。我决定不给邓斯坦和其他吸烟者瞎吹牛的快乐。我觉得偷袭那些躲来躲去的家伙不是我的责任。我首先表明自己的立场:宿舍和校园内禁止吸烟,在校园之外的树丛里干什么是他们自己的事。同舍的人虽然谁也不肯承认自己吸烟,但我感觉到好几个人对我划分的界限挺满意。但有一两个人不高兴,因为这种界限破坏了他们捉迷藏的好戏与乐趣。邓斯坦故意让人知道他一直在外头抽烟,摆出种种挑衅姿态,吸引一堆人的赞叹。然后又试图躲在床底下吸烟。他以为我不会动真格的,但我立场坚定,全舍的人都站在背后支持我。邓斯坦必须整个星期六下午割草,接受在宿舍内吸烟的惩罚。这成为了我的领导方式——让人们和我站在一起,共同执行影响整个群体的规矩。不过执行时我尽量判断有方,而不是对任何犯规都小题大做。我喜欢讨论规矩,而不是宣布规矩或大喊大叫吓唬人。我需要大家明白团体运作良好需要互相负责任。我的办法当然不是回回奏效,但使我这个级长的任期还做得下去。

49

对不同团体的兴趣驱使我参加了"跨部落协会"的活动,一段时期,我还担任该协会的秘书兼主席。不同俱乐部的领袖们常在饭堂开晚饭时发布通知。

Inter-Tribal Society 这个词我发音有困难,总是吞掉了 Inter 中的字母"n",使它听起来就像在召唤 Itertribal 协会或 Eat-a-Tribe 协会,不管发成哪个音,总是引起同学们哄堂大笑。会员们经常碰头对所有问题交换意见,从各自不同的文化角度阐明看法。我们不同社团的领袖组织如何?通过仪式如何?协会还邀请非协会成员来发言,也组织协会内部选举的发言人进行讨论。我重视与同学个别交谈,聊一聊课堂和宿舍正事以外的事。埃文森·姆万尼基接替金奥力担任学校的钢琴师,给我讲了不少教堂音乐的知识。就是跟他我头一回听说钢琴键盘还有一个中央 C 音。姆万尼基性格腼腆,但弹起钢琴来神采飞扬。他并没受过正式的音乐训练,钢琴知识靠跟着两位前任边听边学。听他这么一说,我就更乐意向同龄人学习了。我的斯瓦希里语更多是跟大卫·姆兹戈而不是斯瓦希里语老师多利摩尔学会的。斯瓦希里语是姆兹戈的本族语，而多利摩尔却是二战期间当兵驻扎在蒙巴萨自学的。与朋友们讨论或争论历史与文学问题，课外演算大量数学习题，都给我增添很多真知灼见，对付大小考试十分有用。

从前在大山打游击如今在内罗毕街头组织活动的民族主义者领导的社会斗争提高了学校的民族意识，也正在提高整个国家的民族意识。一个"内罗毕星期六"我邀请奥芒戈和尼科迪默斯·阿辛乔去新村那个我越来越认同的家园。妈妈的烤土豆再次大受欢迎。回校路上遇到一位有名的坚定的民族主义者老太太。人们传说她脑筋不对头，因为她竟敢公开大唱被禁的抵抗运动歌曲。她弯腰驼背走路靠拐棍支撑。我告诉她我的两位朋友奥芒戈和阿辛乔都是"罗奥人"。她手捂胸口表示祝福。她说如今已经没有"罗奥人"或"吉库尤人"之分啦，我们全都是肯尼亚的孩子。

我们都是肯尼亚的孩子，都是非洲的孩子，都是世界的孩子。她的背影已远去良久，但她的音容笑貌依然近在眼前。这是街头民众多彩智慧的又一例证。不论从校内还是校外获取的知识对我生活的影响完全一样。

50

学校图书馆也是课堂之外最精彩最丰富的知识源泉。刚进校的头几天里,奥迪斯老师曾带我们去图书馆,我站在门口一眼看到那么多书架,满登登全是书,这么大一座房子不为别的就为藏书,简直惊呆了:这辈子从没见过这么多书啊!我不敢相信现在就可以走进去,借书还书,只要想看书,随时都可以来借书。我发誓我要读遍图书馆所有的书。

没有咨询台,不过你要是就在一条河边,焦渴似火,还需要人来指点吗?连污染的地方都顾不上了:这河水同样能解渴啊。我读书毫无章法,常常根据书架上谁的作品多就看谁的。我读完了好几本 G.A.亨蒂①写的历史小说,都是关于打造大英帝国扩张领土的那些所谓英雄壮举。一些书直接拿帝国主义的主题做标题:《克莱夫在印度》②或《帝国初建》《沃尔夫在加拿大》《占领一片大

---

① G.A.亨蒂(George Alfred Henty,1832—1902),英国多产小说家与战地记者,作品多描写历史冒险,十九世纪下半叶在西方大受欢迎。
② 指罗伯特·克莱夫(Robert Clive,1725—1774),英国少将,被英国人认为是英帝国最伟大的缔造者之一,而在殖民地人民眼中却是罪恶的强盗。

陆》;而且《克莱夫在印度》的前言宣称:广袤的印度帝国完全落入大英帝国手心之前,我们还要打很多大仗,还要做出艰苦卓绝的牺牲。这个前言是写给我亲爱的孩子们的——那些未来的青年领袖——却适用于大多数亨蒂那些关于帝国主义的神话。我对书中那些小说情节比对历史细节更感兴趣。故事讲得越来越乏味,使我很长时间不再碰这类作品。不再看亨蒂的书是想领略一个虚构更加彻底的世界——也许是我一厢情愿——在那个世界里,人物不受真实历史的现实主义制约,我好想逃入这样一个世界呀。

我想我在 W.E. 约翰斯机长①的系列飞行冒险小说中找到了这样的世界,其中主要人物是詹姆斯·比格尔斯,飞行冒险家,他的英雄故事我穷追不舍,不论他去何方,不论他做何事:《比格尔斯与指挥官》《比格尔斯学飞行》《比格尔斯重返蓝天》《比格尔斯在法国》《比格尔斯飞东方》《比格尔斯飞西方》《比格尔斯飞南方》,飞任何地方,都行。比格尔斯就是英雄,无论遇到任何季节、任何地方、任何冲突。直到我读《比格尔斯在非洲》时才忽然反感那些对非英国人的描述。比格尔斯是英国皇家空军飞行员,这让我想到轰炸肯尼亚山里茅茅游击队的正是这支队伍。他的同类在杀害我的兄弟。究竟什么原因使我不再想看他的书,我也无法完全说清楚,但我对这些书逐渐弃之不顾,转而钻进了赖德·哈格德②虚构小说的天地。

然而,哈格德的《所罗门王的矿山》让人同样反感,虽然故事

---

① W.E. 约翰斯(William Earl Johns 1893—1968),英国飞行员、冒险小说家,常用其笔名 W.E. 约翰斯机长署名,其笔下最著名人物是王牌飞行员、冒险家比格尔斯。
② 赖德·哈格德(Henry Rider Haggard,1856—1925),英国冒险小说家,故事多以非洲为背景。

惊险,但明摆着也在嘲弄非洲人。我从小被教会尊重长者,因为他们拥有智慧与历练。但小说描写的伽古尔却是我读过的小说中最可怕的非洲老妇人。她就是彻头彻尾的邪恶化身,是肆虐非洲数百年暴政的背后妖怪。《所罗门王的矿山》使我想起史蒂文森的《金银岛》,两个故事的核心都是寻宝,但我读哈格德不能像读史蒂文森一样,完全被人物吸引。《所罗门王的矿山》没有野蛮非洲做背景就无法成立;而《金银岛》少了野蛮的太平洋人照样好看。回头一看,我发现哈格德与其他流行作家,只要描写我们非洲,主张就如出一辙:帝国主义很正常,抵抗帝国主义不道德,非洲与非洲人民这个大背景能使欧洲人实现自我。同样的主题思想也贯穿我们的历史课。小说的快节奏、突变、曲折、神秘与结局把我带入那些冒险,但很快这些元素就不能完全蒙蔽我,使我忽略某些意象与人物组合的负面含义。既然读小说我摆脱不掉打造帝国的主题,那就改读犯罪惊险故事与侦探故事吧,我想,也许终于能够逃入一个干净纯粹未被玷污的虚构世界。

有一阵我谁也不看,只看埃德加·华莱士[1],看他节奏极快的惊险犯罪与神秘侦探故事。可我又发现,故事一看完,就明白了所有的隐密,这些书再也不想看第二遍。那些标题、人物、地点,名称各异,但故事情节却一样。不过华莱士的确引导了我去看那些更严肃的侦探小说,这些书除了对下一步会发生什么的狂热兴奋与好奇而外,还有更多东西。人物会更复杂,却给故事增添了深度和趣味。于是我开始以为夏洛克·福尔摩斯,他的朋友华生大夫,他们在伦敦贝克街的地址全是真的。凡有福尔摩斯的故事,我就读

---

[1] 理查德·华莱士(Richard Horatio Edgar Wallace,1875—1932),英国畅销书作家。

一遍再读一遍。我开始以福尔摩斯的方式,注意观察周围的人——老师、同学、熟人,寻找他们的过去或到过地方的线索。一个星期六,我拿奥芒戈一试身手:

我看你是刚从印第安小铺回来。

你怎么知道?

嗯,你在吃木瓜。木瓜这东西学校周边地里都不长,我们只能从印第安小铺买。

错了,是朋友给我的。

没错,那你朋友也一定是从印第安小铺买的呀。

也许吧,但那并不能说明我去过小铺,也不能说明我刚从那儿回来!

明摆着,我读福尔摩斯可比扮演福尔摩斯高明。不过我没停止模仿他,甚至还用过一面镜子来寻找线索,虽说镜子绝不能替代放大镜。夏洛克太真实了,连他的创造者也相形见绌。唯一能与他相比的人物是罗宾汉。我从不在乎他故事的作者是何方神圣,一见有他名字的书就拿来读。

51

  过了些时候,我开始批判地看待我在课内外阅读的书,其中没一本反映过我所经历过的事情。忽然有一天,碰巧拿起阿兰·佩顿①的小说《哭泣吧,我的祖国》,凯里·弗朗西斯的讲座提到过这个话题。此书也许算不上惊险或侦探小说,但斯蒂芬·库玛洛牧师进城寻找他妹妹格特鲁德和他自家的浪子阿布萨龙的故事,完全可能发生在肯尼亚。我甚至怀疑阿兰·佩顿就是个黑人:要不然他对非洲的情调和景象怎么捕捉得这么好?小说主题令我想到肯尼思没写完的那本书的情节主线。

  《哭泣吧,我的祖国》使我对反映社会现实的书兴致大发,但图书馆无法满足我的需求。我找呀找,发现好几本布克·T.华盛顿②的《超越奴役》,这是我读的第一本自传。华盛顿故事中十九世纪的美国南方与如今的肯尼亚惊人地相似。种族障碍阻挡黑人

---

① 阿兰·佩顿(Alan Stewart Paton,1903—1988),南非作家、反对种族隔离的活动家。
② 布克·T.华盛顿(Booker Taliaferro Washington,1856—1915),美国政治家、教育家和作家。

进步的情况太熟悉了,在肯尼亚各行各业我们黑人都遭到种族歧视。殖民主义与奴隶制的区别就是一个程度问题。这就是他的话令我反感的原因——他居然说黑人从奴隶制比白人得到的更多。拿他所处的种族形势与我们国家的殖民主义形势相比——我问自己——你怎能说非洲人从殖民主义得到的东西比白人获益更多呢?

尽管这个问题我还没有琢磨清楚,但对华盛顿我五味杂陈。他对教育的饥渴,排除万难实现自己目标的决心,映照的正是我啊。我喜欢他依靠自己努力奋斗的思想,因为我妈就是一直这样教导我的。但是他主张黑人不要为社会平等而鼓动抗议,我感到惶惑不安:依靠自己与轻视自己是互相矛盾的理想呀。

我搜寻自己能完全认同的书籍,但是找不到。我似乎只能要么选择扭曲我身体与灵魂的帝国主义,要么选择修复我身体但依旧扭曲我灵魂的自由主义。我真的拿不准到底要不要读完学校图书馆里的书。

我对挑书越来越有鉴赏力。我自己的醒悟与课堂分析的书本正在影响我对故事的期待值,这取决于人物的深度与复杂性、主题和情节。从这个意义上讲,课堂阅读在影响着课外阅读。然而,课堂无法令我满足,我依然需要课外阅读。若是得不到既有益身体又有益灵魂的教材,我至少可以坚守对灵魂有益的书籍,不论它们产生于什么时代或社会环境。我不能再以从前的无知回头去读惊险小说、侦探故事和历险记。

很多书籍跨越了它们的时代与作者。格林、伊索、安徒生:他们的书我读了一遍又一遍,永远新鲜迷人。这些神话与伴我长大的那些篝火边的故事非常相近:全都具有神奇的魔力,一读再读,一讲再讲,生生不息。

获得提高的读书品位把我带到了艾米丽·勃朗特的《呼啸山庄》。这本书打开了我的眼界——原来讲故事的方式可以如此变化万千！小说的多重叙事声音生动活泼，就像真实生活在我的小村里铺开，一位叙述者的一段情节紧接着其他叙述者的其他情节，层层叠加，丰富充实了同一个主题。由奈莉·迪恩与洛克伍德讲述的希斯克里夫和凯瑟琳·恩肖的故事真要费些功夫弄清来龙去脉，但扣人心弦，悲伤无比。约克郡荒原上的狂风使我想到七月份利穆鲁的霜风似剑，没见过哪位作家能把天气写得如此真实生动。

从勃朗特我渐行渐远，转向了托尔斯泰。对托尔斯泰和对勃朗特一样，我知之甚少。不过我只读了他的《童年》《青年》《少年》，一卷本的三部曲，忽然就有了一种从未有过的冲动，而这冲动是如此强烈：我要书写自己的童年！真是发疯了。以前也有过这种情绪，比如读埃德加·华莱士的时候，但那些情绪朦胧飘忽，转瞬即逝，不曾呼唤自己立即行动。这一回的冲动却咄咄逼人，连托尔斯泰的书都不让人读完。我把从前与肯尼思的争吵忘得一干二净，当年我硬说写作必须有许可证才行。

那是在1957年，我读"联盟中学"的第三学年。我所完成的故事根据的是儿时的一种迷信：只要我们对着一只空瓦罐悄悄说出心爱者的名字，不论他身在何处，都能立刻被召回来。在故事中，虚构的自传叙事者第一次的悄悄话很灵验，他远在三十英里外的姑姑在他召唤后的第三天果真来了。因为有了底气，叙事者便急于向一群观众大显身手。听他妈妈抱怨在内罗毕工作的哥哥不回家，他觉得机会来了。他向妈妈保证只要她乐意，不出三天，他就能使哥哥回家。他的郑重宣言全家人当然不信，纷纷取笑，但他不在乎。雪耻的时机会来的，他想，等大家都不在家，我就进厨房，那只煮饭的瓦罐，质朴无华，公正无私，纹丝不动却默默期待——

它法力无边,我知道！我要恭恭敬敬地把瓦罐从挂钩上摘下来,对着瓦罐缓慢而刻意地叫上几遍我哥哥的名字。可是,魔法不见显灵。这就是故事的讽刺意味。学托尔斯泰的样子,我把这篇故事叫作"我的童年"。我的故事只有手写的区区几页,可人家托尔斯泰是一本书。但我还是把自己的大作交给了《联盟中学校刊》。

投稿如石沉大海,倒也不奇怪——通常作者和编辑之间都不交流。我很快就不抱希望,把这事抛到了脑后。

但后来期刊于1957年9月出版后,一个朋友发现了我投的那一篇东西。简直等不及要看啊！这是我头一回发表的作品。光看表面,漂亮的印刷与我的手写稿就大大不同。字体当然比手写的要小,这不要紧。但认真一看,我就对编辑的任意修改大吃一惊,兴奋一落千丈——标题从"我的童年"变成了"巫术实验"！这一点不要紧也就算了,新标题倒是够精辟的。可第二段是编辑强行添加的,居然要叙事者强调基督教毋庸置疑才是最伟大的文明影响,随着基督教逐渐深入人心,许多人已经开始明白信仰迷信与巫术徒劳无益。简简单单一个小故事,原本想讽刺儿时的迷信,结果却被变成对整个族群未信基督教之前的生活与信仰的谴责,同时也对所谓有益的启蒙讨好献媚。我被变成一个为帝国主义文学传统辩解的证人,而我恰恰最想逃离这个传统。这段编辑的添加虽为一番好意,却扑灭了我创作的似火热情,读多少托尔斯泰的《童年》与《青年》也无法再次点燃我的激情。文章发表了,我却不开心。

52

假期中间我把这篇作品拿给肯尼思看,他的反应可想而知。写东西前你先得到许可证了?① 他绝不会忘记我俩的争论。我可以反对他说,我写的不是书,我也不会遭到严格审查,因为我的老师已经进行了编辑加工,给我打了预防针。但其实,我已不再坚持写作先要许可证的观点。早在涅里的"阿善提"大会上,我已经开始动摇,托尔斯泰则激励我完全放弃了这个观点。我认输。肯尼思对这篇作品质量没说什么,只是一味高兴总算赢了三年前我们自小学起就争论不休的话题。如今成了我们争论的胜利者,他竟当着第三者的面旧话重提,引用我的故事,同时也间接激起别人对那场争论的好奇心。

这篇作品给我赢得了两位新朋友,他们后来成为我求学的好伙伴,我们交往甚密的日子就是我的求学时期。头一位是吉玛尼·穆亚卡,初中毕业后现在当小学老师。他总是随身带本书或杂志,给自己赢得了学者的名声。肯尼思一介绍我们认识,说起我

---

① 这场写作之前要不要有许可证的争论在《战时梦》中有详述。——作者注

发表的东西,他就马上说想拜读。

　　我急切地期待他的评论,但愿他对编辑加的那段基督教文明影响的话别说三道四,我想听的是他对我写的东西什么意见。第二次我们见面时,他头一句话就与主题毫不相干——你知道心理学这个词怎么拼吗?我莫名其妙——拼写测试跟我的故事有关系吗?我的故事中根本没用这个词啊。为了哄他高兴,我故意大声拼出那些字母,并故意老是拼错,最后认输。他嘴巴一抿,微微一笑说,他早就料到我拼不对的。你瞧,这个词打头的字母是 p——他摆出高手的耐心——别太责备自己啦,多数人都和你一样,他们忘了字母 p 不发音,于是光注意字母 s。现在再来说你的故事。故事挺有意思的——他顿了一顿——充分证明了欲望心理学的一种基本思想。他的话我听不懂,心理学,更别提欲望心理学,跟我的故事有何相干?我问他。

　　跟什么都相干,他反驳道。心理学就在人类每个动作、每种行为当中。心理学解决的是这些动作与行为背后的动机。你可能以为你组合的那些文字只不过是一篇人物对着一只瓦罐说悄悄话的故事,但实际上你这是在对自己说悄悄话,就像我们那些无声的心里话。首先,这故事你是在"联盟中学"写的,在一所离家挺远的中学。对吧?没错。你很孤独,很想家,想吃妈妈的饭,在一只瓦罐里做的饭。你的老师们是白人,对吧?没错,但不都是白人。的确,但校长是白人,对吧?没错。记住你被基督教所包围,一种外来的宗教。所以明摆着你在向往一种使你感觉像在家的东西。但你的故事远远不止这些,他振振有词。这真的是关于人类渴望回归子宫的一个故事,故事中那个把自己脑袋伸进瓦罐的角色显然暗示了这一点嘛。你知道吉库尤语"瓦罐"这个词是 nyūngū,完全与"子宫"这个词一样,对不对?

这话令我对他刮目相看。其一,我的确一直在寻找什么东西来帮我克服失落感,好与新村更近乎;其二,我有时真琢磨过不知在妈妈的子宫里是什么感觉。我使劲回忆自己的生活,但除了听妈妈说我踢过她,常常踢以外,什么都不记得。显然,她所有的孩子当中,我在子宫里是最淘气的。吉玛尼好像会得出什么重要结论,我听着听着兴致大发。

而那只瓦罐、瓦罐口、细脖子、圆肚子,明显暗示着子宫嘛,他往下说,没注意我的反应。人在子宫里最安全,受到保护,营养滋润,最有力量。人要是已经安全了还会向往安全吗?他问,目光咄咄逼人。这故事其实写的就是你在"联盟中学"的孤独感、不安全感呀。你可能交友困难,要是有朋友一起玩,就不会有时间和愿望想描写一个虚构的世界了,对不对?而且你肯定心事重重,担心自己一个乡下小子能不能在学校混下去。我还没来得及自我辩解,他就保证要帮我一把,说在忧虑将我打倒之前先帮我打倒忧虑。

下次见面他带来两本书:戴尔·卡内基①的《如何赢得友谊与影响他人》和《如何停止忧虑开创人生》。但他不肯借给我看。他喜欢对这两本书大发议论,引用书中那些成功者的例证,都是形形色色底层人士如何取得成功,而且几乎都是以财富为衡量标准。有个人创业时手里仅有一块钱,可他坚持不懈追求自己的想法,最后终于攀上顶层。书上讲了好多如何倾听他人意见,如何让他人谈论自己,好好做听众的见解。我觉得吉玛尼和他的故事非常迷人,我听得如痴如醉。他还说比起肯尼思来他更乐意和我做伴,因为肯尼思太爱争论,连他崇拜的卡内基也要质疑。

---

① 戴尔·卡内基(Dale Carnegie,1888—1955),美国现代成人教育之父,被誉为二十世纪最伟大的心灵导师和成功学大师。

很快我就明白肯尼思为何要质疑吉玛尼了。不久我就发现吉玛尼只谈卡内基这两本书。人家叫他"学者"就因为他走到哪儿就把这两本书带到哪儿。除开与心理学相关的事,别的题目他都无话可说。谈教育,他提起知识心理学;谈爱情或政治,他提起权力心理学,爱情本身就是一场权力游戏,玩的就是相互心动与排斥。难道我没见过堂堂男子汉一旦心有所属,在女人面前就不堪一击吗?他还有几本老掉牙的心理学半年刊,就好比他的护身符,处处证明他的话都扎根于知识。我们同住卡密里胡集中村不同地点,但屡次碰面。回回碰面,他都有若干心理学新见解,接着就挑些卡内基的故事来讲。

吉玛尼的习惯是先读一段书中的话,再用自己的话重述一遍,然后引用同一段话中的例子再解释一遍。他的建议永远都在引用或解释卡内基书中那些智慧、成就与成功。这位要别人多听少说的大心理学家自己倒更乐意夸夸其谈。我开始躲他了,真不愿意听他拿我的故事当作通向卡内基的桥梁。

53

相比之下,我更乐意主动去找加布里埃尔·盖瑟奥·卡鲁玛做伴儿,他住在邻村基新戈。盖瑟奥和我在第一年那场由我协助组织的圣诞庆典中一起工作过,他还教会大家唱圣歌"东方三博士"。他对我那篇作品的反应与吉玛尼不一样——他断定我已经成为作家。他读完了两年中学,又从卡古莫师范学校毕业。不记得我俩最初是如何相识的,但整个中学阶段我们常在一起交谈。

盖瑟奥爱读书,尤其关心泛非洲与世界的事。我们一连几周大谈五花八门的学科,但不论什么题目或话题,他总有办法悄悄塞进克瓦米·恩克鲁玛①这个名字。他侃侃而谈,追寻恩克鲁玛的生涯,从林肯大学一直说到 1945 年,恩克鲁玛这名昔日囚徒最终登峰造极,领导加纳赢得了独立。盖瑟奥崇拜马库斯·加维②的哲学,因为恩克鲁玛说过加维的哲学给了他启发。他喜欢乔治·

---

① 克瓦米·恩克鲁玛(Francis Nwia Kwame Nkrumah,1909—1972),加纳国父,非洲民族解放运动的先驱和非洲社会主义尝试的主要代表人物。
② 马库斯·加维(Marcus Mosiah Garvey,1887—1940),牙买加著名政治领袖,出版人、记者与演说家。

帕德摩尔和 W. E. B. 杜波依斯,因为他们 1945 年在曼彻斯特举行的泛非洲大会上与恩克鲁玛和肯雅塔站在一起。就是从盖瑟奥那里我第一次听说了那句名言:二十世纪的问题就是种族界线的问题。他说这是杜波依斯说的。谈到布克·T. 华盛顿及其大作《超越奴役》时,他指出杜波依斯,恩克鲁玛的朋友,反对华盛顿,发起了"尼亚加拉运动",最终建立了"美国全国有色人种协进会"。他对华盛顿没什么好感,虽说不清到底是什么让他恼火。相比之下,他反反复复讲着罗莎·帕克斯的故事,这位黑人妇女在巴士上拒绝给一个白人让座位,此事点燃了"蒙哥马利巴士抵制运动",暗示此事与茅茅起义点燃了肯尼亚的巴士抵制运动有某种联系。

肯尼亚人当中,盖瑟奥喜欢汤姆·莫博雅①,因为他领导的"内罗毕全国人民代表大会党"与恩克鲁玛的"全国代表大会人民党"遥相呼应。他谈到莫博雅如何从一名工团主义者开始,去牛津大学读书,最终成为 AEMO 策略的优秀缔造者。他知道莫博雅与布伦戴尔②在立法辩论会上的所有交锋。但莫博雅最了不起之处就是与克瓦米·恩克鲁玛的联盟。莫博雅从恩师身上受益匪浅。条条非洲光明之路一律通向加纳。正是 1958 年 12 月 22 日于加纳举行的"全非人民大会"发出呼吁,要求释放乔莫·肯雅塔③,这一呼吁得到了非洲大陆及全球的热烈响应。我们自己的莫博雅担任大会主席,是肯尼亚斗争的无上荣耀。莫博雅正是以

---

① 汤姆·莫博雅(Thomas Joseph Odhiambo"Tom"Mboya,1930—1969),自由战士,肯尼亚共和国国父之一。
② 布伦戴尔(Michael Blundell,1907—1993),肯尼亚政治家,曾任立法会议委员,两任农业部长。
③ 乔莫·肯雅塔(Jomo Kenyatta,1891—1978),肯尼亚政治家,肯尼亚共和国首任总统。

主席身份号召结束非洲的帝国主义。盖瑟奥几乎一字不差地引用莫博雅的话说:对非洲的瓜分尽管七十二年前就开始了,但我们从阿克拉开始,以鲜明、坚定、确切的声音,向这些瓜分非洲的强国宣布:从非洲滚出去!从瓜分到滚蛋——这场演讲使汤姆·莫博雅这位二十八岁青年的大名在肯尼亚家喻户晓。而《肯尼亚新闻报》将这篇演讲压缩成一句笑话——莫博雅号召白人滚出非洲。盖瑟奥称心如意地补了一句。

盖瑟奥对1956年加纳的独立欢欣鼓舞,但他说加纳并不是非洲首个独立国家,历数了埃塞俄比亚、利比里亚、利比业、突尼斯和摩洛哥,甚至还提到一个非洲人更早独立的地方,叫作海地。他没再继续发挥,我所知甚少,也无法反驳他的断言与评价。盖瑟奥这位中学伙伴在我心中的地位大致与我的小学伙伴恩甘迪不相上下,但与恩甘迪不同,他不会把事实与编造瞎搅成一团。而恩甘迪大多在讲故事,把传说和谣言拿来支撑他故事的真理。盖瑟奥主要议论历史与思想,更多引用书本或杂志里的话作权威。

他对政治上的哲学大师们佩服得五体投地。我说不清他更喜欢谁,是政治家的恩克鲁玛还是知识分子的恩克鲁玛。盖瑟奥对恩克鲁玛的泛非主义大为感动,对其发誓要将加纳主权交给非洲大陆设想共建的"非洲联盟"政府的承诺大为感动,对这位偶像在哲学、神学及其他方面的追求统统啧啧称道。他读过恩克鲁玛的自传《加纳》,知道恩克鲁玛已放弃他所受教育可能带来的一切财富,终身为祖国效劳。

也许是恩克鲁玛对学问的追求与对祖国的献身精神把他又带到另一位知识分子面前,这一位哲学与神学造诣高深,却放弃了在德国的各种学术职务,为非洲病人与穷人奉献了终生,他就是阿尔贝特·史怀哲①。

盖瑟奥对史怀哲深怀敬意,因为他是音乐家、哲学家、神学家、风琴家和医学博士。你能想象他放弃一切跑到法属赤道非洲的兰巴雷内②创办一座医院吗?但他的慈善精神还不是最令盖瑟奥痴迷的——盖瑟奥痴迷的是史怀哲关于耶稣、历史与末世学的思想。我从没听说过这个词——"末世学"。他就借给我一本史怀哲的书,题为《生命的思索》,这是我第二次接触一部自传。

我俩主要讨论耶稣的生平研究是否与耶稣的末世学研究正好相悖。对史怀哲的《耶稣生平研究史》我深感兴趣,书中阐述了他对耶稣生平历史研究的见解。我要能读到一本完整的耶稣传记就好了,可惜碰不到,只能从四福音书——《马太福音》《马可福音》《路加福音》和《约翰福音》中找到些零星碎片。接触史怀哲正合我意,因为我正怀疑福音基督教派及其强调的个人罪孽以及个人与耶稣的联系。什么耶稣?人子耶稣还是上帝之子耶稣?山顶布道的耶稣还是世界末日的耶稣?还是末日审判的耶稣?据我对福音基督教派的体会,它过度强调了世界末日、基督再临和罪人审判。耶稣这个神童,住在大地上,与他妈妈一起逃到埃及,和渔夫一道赶路,告诫人们不要论断他人,免得自己遭到论断,挑战众人看谁敢砸第一块石头,劝大家帮助最渺小的人等等。这个耶稣比那个警告末日的耶稣更真实、更有感染力。我不要看到世界末日,也不喜欢人们遭受地狱之火的灼烧,从"末日审判"一直烧到地老天荒。

---

① 阿尔贝特·史怀哲(Albert Schweitzer,1875—1965),德国哲学家与慈善家,在医学、神学、音乐等领域卓有建树。1913年来到非洲加蓬,建立丛林诊所,从事医疗援助工作,直到去世,于1952年获诺贝尔和平奖。
② 兰巴雷内,现属于加蓬共和国。

这时盖瑟奥有了解决办法,说历史的耶稣与末日的耶稣是一体。历史的耶稣是当今社会的经历;末日的耶稣是将来的远见。历史的耶稣预见了罗马的衰亡、旧世界的衰亡和新世界的形成。一种秩序让位给另一种秩序。罗马帝国及与其统治结盟的社会群体将遭到审判。历史的耶稣同时还是世界的耶稣,因为他对旧秩序末日的教训适用于一切情况——压迫者、被压迫者、过去的、现在的、将来的。我俩把这一条也用于殖民主义——伦敦就是罗马帝国,伊夫林·巴林总督就是现代的彼拉多。与殖民政府勾结的国民护卫队就是现代的法利赛人。这么一分析,茅塞顿开。末日的耶稣深得我心:殖民世界注定要衰亡,我们一定会自由。

这当然是我们一厢情愿的结论,不是史怀哲的。我常常奇怪为何对他如此着迷,没准儿盖瑟奥的激情会传染吧。但我已经发现史怀哲与凯里·弗朗西斯好有一比。两人都认为耶稣是他们生命的核心,都放弃很高的学术地位来到非洲侍奉上帝。但凯里·弗朗西斯更清楚他要服务的人群——最渺小者。史怀哲写自传;凯里·弗朗西斯绝不写会任何自传或任何引人注意的他自己的东西。史怀哲研究耶稣的生平;凯里·弗朗西斯实践耶稣的生平。但有一条两人完全一致:被他们与耶稣的关系所驱使,服务社区百姓,不论他们对这个关系的理解是否相同。我对志愿工作的热衷可能受到了来自非洲大陆两头两位不同传教士的启发,他们在用自己的生命侍奉上帝。

54

在"联盟中学"谁也逃不脱莎士比亚。他的人物已成为我每日生活的伴侣,他的眼光则穿透社会各种冲突。过去的四年当中,不论课内课外,莎士比亚已成为我知识结构不可分割的一部分。我逐渐明白了盖思瑞为何每天早晨大声背诵《麦克白》。我总是期待年终学校大会上演莎翁哪出戏的消息。1958年上演的《李尔王》比别的戏更让人引颈长望——它将标志着一个时代的结束与另一个时代的开始。我没有参加演出,但不得不佩服我的同学安德鲁·凯恩古的勇气,他报名参加了演员试听并且得到那么重要的一个角色——李尔王!这角色主导全戏,场景多、台词多。凯恩古必须将所有台词烂熟于心,所有排练统统到场,同时还得准备决定自己前途的剑桥大学的入学考试。但他做到了。最后一场表演是惊人壮举,令人信服地展示了李尔王生活与奋斗的超人体力和从喜到悲的所有情感。

凯恩古的头发被扑粉扮得花白,给他十九岁的年龄添上几分岁月的沧桑。其实他并不需要花白头发来显示自己的表演技巧与才华。在暴风雨那一场,只剩下宫廷弄臣和瞎眼的葛罗斯特当听众,凯恩古扮演的李尔王随机应变,把理智与明白的疯狂混为一体,愤而呐喊:给罪恶镀层金,公道结实的枪刺戳在上面也会折断;把它用破烂的布条裹起来,一根弱小的草就可以戳破它。① 这几行台词和凯恩古的表演抨击了"联盟中学"高墙外正在执行的殖民政府的所谓公道。

莎士比亚也许受到殖民地的欢迎,在各个学校作为纯艺术自由上演。但他在《李尔王》中所刻画的厚颜无耻的争权夺利,所表现的封建制度与新生资产阶级社会秩序的诸多冲突,恰好诠释了当时肯尼亚国内的权力之争。这出戏准确反映了茅茅游击队与殖民军队之间的流血战争。可以推论,莎士比亚从根本上质疑了国家假设的稳定,通过戏剧让天下人明白权力来自暴力并且由暴力维持。

虽说同学们缺少鲜明的政治主张,但他们的努力奠定了用非洲各民族语言表演戏剧的传统——尤其是斯瓦希里语——也奠定了民众参与戏剧的传统。英语演出旨在娱乐学校观众,常有说英语的殖民地精英到场观看,而斯瓦希里语演出旨在娱乐大众,以民众为主要观众。不管怎么说,还是莎士比亚戏剧激发了当地以斯瓦希里语表演的传统,这个传统通过实践证明,斯瓦希里语同样是创作想象力的合法媒介。

---

① 引自莎士比亚《李尔王》第四幕第六场。

55

虽然有心爱的莎士比亚戏剧的吸引,但我没有忘记横在求学路上的拦路虎。"联盟中学"每年都送毕业生去乌干达坎帕拉的麦克雷雷大学深造,数量之大,频率之高,吸引了众多羡慕者的目光,连那些自视甚高的狂热亲殖民派也大为眼红。几名毕业生已经得到海外求学的机会,但最令人垂涎的还是获得麦克雷雷大学的录取,这完全取决于个人在竞争激烈的考试中的表现。我渴望入选。

于是,这年其余时间我一头扎进书本和课堂笔记。有些同学碰到历史就死记硬背年代,碰到物理与化学就背公式,碰到生物就背植物动物的现象与行为。其他考试也如此,有同学张口就莎士比亚、萧伯纳或者 H. G. 威尔斯,一段段倒背如流,仿佛肯定文学课必考这些东西。我死记硬背不行,记忆力差,对理解的过程更感兴趣。所以一听别人谈地理和历史,嘴里冒出一串串现象与数字,我就有些魂不守舍,尽管类似恐惧已经历多次。

不过,有门课我接受并欢迎挑战。总共八门课,包括数学,都是必修,都得考试。但有门选修课是交论文——高级数学。这门课分数不计入最终成绩,大学录取也不算在内。这门课为的是人的智力自尊。高级数学比普通中学数学难度大,多数同学都不选它,大多因为这门课出了名的难,坦白地说,还因为学它花费的额外时间不如用来学那些可以计入总成绩的课程。一时心血来潮我跟朋友约瑟夫·伽图雅提到我决定选高级数学。伽图雅不加掩饰地哈哈大笑,高级数学你休想及格!你又不是阿辛乔,他说,指的是1958届数学最好的同学。阿辛乔更精确;我解题的方法曲里拐弯拖泥带水,阿辛乔快捷利落。伽图雅的质疑对我是个挑战,我偏要修高级数学课。

剑桥学校证书考试定于11月24日,星期一开始,但毕业典礼与凯里·弗朗西斯校长的演讲定在12月4日星期四举行,就在交论文的前一天。毕业典礼的场面让人联想到耶稣打发众门徒去各国传道,以圣父、圣子、圣灵的名义给他们行洗礼的情景。凯里·弗朗西斯给我们宣读校训,毫无疑问与他1940年接任校长以来向所有"联盟中学"送出的学生宣读过的一模一样:

  平安走向社会;

  满怀勇气;

  坚持善行;

  鼓励懦者;

  支持弱者;

  帮助病者;

  尊重一切人;

  热爱与侍奉我主。

就这样,我与"讲经堂"正式告别。12月5日我们为一名考生坐在一间小屋里,完成了我的高级数学论文,既不算在校生也不算毕业生,既不属于学校也不属于世界。交完考卷,没有丝毫疑问,我明白自己的"联盟中学"岁月结束了。

还有最后一张纸标志我与"联盟中学"的正式了断:毕业证书。凯里·弗朗西斯亲自给每一位同学颁发证书,一对一。走进那间办公室时,以前与他所有见面的情景一起涌上心头——操场上、教堂里、教室里、学校的任何地方,因为他无处不在,甚至他明明不在,我们也能处处看到他的身影。

56

　　说实话,当时我所在的"联盟中学"就是凯里·弗朗西斯,而凯里·弗朗西斯就是"联盟中学"。他个人的烙印随处可见;草地永远修剪齐整;清洁仅次于圣洁;体育运动与耐力的严格考验把头脑与心灵打造得纯良干净;清晨祷告,夜晚备课。教职员工和学生身上也有他的烙印,尤其是他在场的时候。就连达官显贵来到学校,上至总督和政府要员下至到访的英国国会议员,只要他在场,全都格外肃然起敬。他并未要求大家特别尊敬,这份敬意是因为他作为"联盟中学大家庭"首脑的生活方式及其产生的名望自然而生。他管理这个大家庭是在他唯一认可的大师指导之下,而且他已对这位大师宣誓忠诚——这就是耶稣。1944年,凯里·弗朗西斯关于 S.G. 扬在致 H.M. 格雷斯牧师的信中表达了他对"联盟中学"教师的期望:

　　我们需要一名男子(其实我们需要好几名),有学位,善教书,肯吃苦,勇于动手应对任何需要。他必须不单是课堂教师,还要照料孩子们。他必须是基督徒——我们力图将这点作为一切的核心(已取得有限成功)。我不在乎什么名校,只要学历真实，只要他乐意与其他学校毕业生一道侍奉我主。

他在形容他自己。他对那个理想的全心奉献赋予他一种内在的坚定，周围的人都能感到这份坚定沉甸甸的分量。他似乎完全彻底就是位吉卜林笔下的人物，能与君王并肩而行，却不失平易近人的品质，犹如一块磐石，无论大祸还是大福都不为所动。

只有一次，我看到这块磐石裂了一道小缝。那是1958年2月22日星期二的下午，他剑桥大学的老同学尼尔主教造访期间。凯里·弗朗西斯给我们四年级同学介绍他时，看他的神气我们就知道，连他也仰慕我们的校长。尼尔主教给我们讲了一番英国国教，大概总结了他有关著作的主要内容。突然，仿佛被尼尔的什么话触动了，凯里·弗朗西斯激动起来，泪水滚滚而下。我不知到底主教哪句话把他如此感动。也许是那个拉丁文词组 via media，翻译过来就是两个极端之间的中间道路，这是方济会世界观的核心。不论是何情况，此刻看来就像尼尔刚刚与耶稣开会回来，转达了来自天国的福音。弗朗西斯泪流满面，尼尔并不诧异，语调丝毫没变。他一定是从前见过这种场景。但是我傻眼了，因为我从未见过校长这样的容颜。

他身上还有其他矛盾之处。一次数学课上，他说自己在"联盟中学"这么久只见过一名叫瓦萨沃的孩子[1]全凭个人美德被剑桥大学录取。但也是他——凯里·弗朗西斯，终生致力于学生的全面发展，无论在任何体育比赛中，只要我们把"威尔士中学队"和"约克中学队"打得晕头转向时，他就高兴极了。1955年3月31日，在伦敦的一次"皇家非洲协会"与"皇家帝国协会"的联合会议上，他说，非洲孩子们除了来自更贫困、上天赐予更少的家庭

---

[1] 瓦萨沃先生后来从剑桥大学数学专业毕业，在内罗毕大学任教。——作者注

而外,本质上与英国孩子是一模一样的。他们不亚于任何肯尼亚欧洲学校的孩子,也不亚于这个国家名校的任何孩子,他们在智力、运动技能、勤奋、礼貌、勇敢和值得信任方面堪称绅士[①]。

他认为——我多年后才得知——茅茅起义是"彻头彻尾的邪恶,给非洲人和欧洲人带来同样痛苦,但这是一场抵抗运动"。是一场合法的反对外国入侵的民族主义斗争,并且"正如二次世界大战中的抵抗运动一样,茅茅不但反击欧洲侵略者而且更猛烈地反击非洲通敌者"。他坚信"大英帝国以及使其站稳脚跟的伟大传统"。的的确确,他相信殖民当局——与政治上的白人定居者相反——诚实正直,本质上愿望良好。然而,正由于他对大英帝国的信念,他致力于记录殖民军队干坏事的证据,并将证据呈递给更高级别的指挥机制。他告诉"皇家非洲协会"与"皇家帝国协会"联合会议,在一些地区"普通吉库尤百姓不知更怕谁,是茅茅游击队还是维护法律与秩序的军队,因为百姓遭受双方的抢劫、痛揍、掳掠和杀害。申冤几无希望,他们几乎不尝试,因为他们不知该向谁去求告"。他对他们强调指出:"我们以杀掉匪徒或把宣誓者关进牢房的手段绝不可能摧毁茅茅,我们摧毁它只有一个办法,这就是处理掉它存在的基础,让世人明白我们不是敌人和侵略者。"[②]他真是高深莫测啊。

此刻,我回到他的办公室,最后一次面对这位四年来在校园里无处不在的男人。他问我剑桥的结果来没来,知不知道自己要做什么。我说要去一个叫卡胡基尼的小学教书。我虽没去过那里,

---

[①] 爱德华·凯里·弗朗西斯:《一名吉库尤乡村校长眼中的肯尼亚问题》,《非洲事务》第54卷,第216期,1955年7月号。——作者注

[②] 凯里·弗朗西斯:《肯尼亚的问题》,第190、191、194、193、192页。——作者注

还是想说明在哪儿。但他比我快,是伽吞杜的那个吧?我说是。他接着就提醒我,出了校门进入社会,诱惑多多。只有一条建议——不论当什么都行,千万别当政客。一切政客,黑人也罢,白人也罢,褐人也罢,统统是地痞流氓。

我接过那张纸,这是学校基于每个学生的表现而颁发的证书,是对学生品格的担保。评语中有一条很突出:该生具有开拓精神。我看看校长。我没觉得自己是个开拓者。但对这一条我最最看重,因为这只能是指我参加的那些劳动和青年营的活动。我在姆通基尼和在"大断崖"的活动都得到了重视。谢谢你,弗朗西斯先生,谢谢你,"联盟中学"。

走出办公室,来到操场,这就是1955年1月20日我头一次入校的地方。我顿时恍然大悟——现在是1958年12月,手中这张纸是在告诉我四年时光已然逝去,我将永远告别凯里·弗朗西斯经常说的这片沙漠中的绿洲!沙漠与绿洲相辅相成。我曾把这里视为猎狗包围圈中的一处避难所,但时候到了,四度春秋已逝,猎狗们的咆哮好像已化作遥远的呜咽。如今,高墙之外是人类的骚动喧嚣,它盖过了猎狗的咻咻咆哮,二者不相上下。我喜悦与恐惧交加,我将走出高墙,扑入未知的世界。

唉!我几乎忘了,大门之外,那些猎狗依然在蹲伏,在喘息,在伺机以待,扑将上来……

1959 年

大门外猎狗的故事

57

星期五

关于猎狗的长篇故事开始于1959年4月,在我离开"联盟中学"四个月之后。我坐在窗户旁边,距车尾几排的位置,这辆巴士是从内罗毕开往利穆鲁的。快到巴纳纳山时遇到路障,警察扬手要我们停下。两名军官,一个挥舞机枪,另一个挥舞步枪冲了上来,大叫:不许动!他们给我的印象就是"机关枪先生"和"步枪先生"。"机关枪先生"霸在门口不准任何人下车,"步枪先生"则在通道来回乱窜,然后松口气把枪甩上肩,开始检查身份证与缴税单,从门口乘客开始。尽管自1952年国家进入紧急状态以来,这种事司空见惯,但眼前的场景还是令我大为吃惊。

到日前为止,这原本算得上是一个三倍快乐的星期五。作为一名未受过训练的老师,我刚刚领到一整月的薪水,这笔钱已经拖欠了三个月。离开"联盟中学"一个月后,我就到位于伽吞杜的卡胡基尼小学开始教书了。我一直领取薪水的一小部分,因为头年十二月参加的剑桥海外学校证书考试的成绩还没下来。即使拖欠四个月,这笔钱也不算多,但五十英镑就是我手中攥过的最大数目了。

花掉其中一些钱我可以添置几件衣裳,这对自己的新身份很要紧。在"联盟中学"不准穿长裤,就连鞋子也只准星期六、星期天才穿。学校不愿意在衣着上反映和加深社会地位的差别。这规矩对我正合适,因为我根本负担不起额外的开销。但离开学校后,我觉得在校念书与毕业后的生活方式应该有所区别,按照见过的前辈们的方式过渡过渡。

今天早些时候我要肯尼思陪我一道去了一家印第安裁缝店,在那儿我曾量身定做了一条灰色羊毛长裤,料子是华达呢还是精纺毛呢,店主说过,很贵的。当时我只付得起首付,其余的按月分期付款。现在拿到一整月的薪水加上欠账,就付清了尾款。我迫不及待换上了新羊毛裤,把旧的放进一只盒子里。换好了就在店铺里转来转去,浑身上下一副要上大学的架势。害得肯尼思也按捺不住,量身定做了一条。他原先穿的裤子质量就不错,因为他比我挣钱早。

除了挣一个月薪水和新衣裳,还有两条好消息给这个星期五增光添彩。我通过了剑桥学校证书考试,成绩优异,英语、历史、物理与化学、生物学,都加起来仅次于亨利·卡西亚。我的高级数学也记了一个学分。我的书包里已经有了麦克雷雷大学的录取通知,是"联盟中学"被录取的十九名同学之一。

我把这些文件都带到了基安布的总部,证明我通过了考试,这是我得到拖欠薪水的先决条件,而且随身带着这些文件让我充满自豪。整个上午都挤在一大群老老师和新老师中间,他们都是从全区各地赶来领薪水的,我好想对每个人炫耀一下我这些文件,告诉他们我是"联盟中学"的毕业生,而且马上就要去念大学。但我没有。我要先跟妈妈分享好消息。这是我们母子十二年前那个约定结出的硕果。

58

　　我急于回家,在内罗毕断然拒绝了肯尼思和帕特里克的恳求,他俩求我在城里逛上一圈,再搭内罗毕至利穆鲁的晚班巴士回家。但想到把钱和录取文件放到妈妈腿上,妈妈会笑得多么开心,我就一分钟也不想耽搁。可如今在巴纳纳却被耽搁了!

　　眼前的事好恼火,好麻烦,别的方面倒没发现与我有何相干。我从来护照随身带,因为这能证明我的学生身份。当然我已离开了"联盟中学",但幸亏我有去麦克雷雷上学的录取通知。没带护照或税单或身份证件的乘客被赶下车去,下车后别的军官命令他们两两成双蹲在路边。检查还在进行,不管别人的麻烦事,我继续出神。

　　肩膀被啪的拍了一下,一声怒吼吓我一跳。我抬头一看,是那个咆哮的"步枪先生"的脸。

　　你喝醉了还是怎么回事?拿税单来看!

　　我是学生,我说。刚刚毕业,是"联盟中学",我又补充一句,想加深印象。

　　这是去"联盟中学"的路吗?

不是,我要回家,回利穆鲁。

你从哪儿来?学校吗?

从伽吞杜的卡胡基尼来。

伽吞杜?那不是乔莫·肯雅塔的家吗?

卡胡基尼不等于伽吞杜,我说,你说对了一半。

你是肯雅塔的拥护者?

我是学生,我回答,心不在焉。

"联盟中学"在卡胡基尼吗?

不在,在吉库尤。凯里·弗朗西斯,您知道的,那个数学家,是校长。

所以凯里·弗朗西斯教你不用缴税?

不是,我只是个学生。

那你跑到肯雅塔的地方干什么?

我去的是卡胡基尼小学!我澄清区别。

我解释说刚刚得到一个暂时教职,因为等待考试结果……"步枪先生"打断我,哦,原来你是个老师啊。那我得说你不会白干吧,是不是?

不是,可是……

别跟我耍滑头。拿你的纳税收据来看看!

我没有。你看看这些文件吧。我就要去乌干达的麦克雷雷大学念书了。七月份!念大学一年级。

他刺耳地哈哈大笑。这时所有乘客都在看着我们。他故意表演给人家看的。他朝另一个警察,那个"机关枪先生"大叫:快来看看这位"联盟中学"的王子呀,人家要去麦克雷雷见国王啦,多了不起呀,连税都不用缴啦!他继续挥舞着那些他不屑一顾的文件。我真不该提"联盟中学"、麦克雷雷或乌干达的。

你是说你比朱利叶斯·吉雅诺博士受教育更多吗?

我努力回避他的挖苦。

没有。我说。

那就听好了!就连朱利叶斯·吉雅诺、汤姆·莫博雅、奥金伽·奥丁伽①都得缴税,他说,把那些文件朝我一摔,命令我下车。他简直就是把我从座位上一把拽起来,一路推搡。不想被"步枪先生"抢了风头,"机关枪先生"把我推到地上,另一名警察指挥我排到被捕者的队伍后头。先过路的几班巴士一定也遭到了检查,因为队伍相当长。

我依然心存侥幸,以为误会可以解释清楚,他们会明白我提"联盟中学"和麦克雷雷大学并非想炫耀我比任何人都更重要,他们会让我回到车上去。但这时巴士开车了。我的心坠落下去,眼睁睁看着那车消失在远方。很快,路障拆除,"步枪先生"与"机关枪先生"爬上吉普也跑了。我们依旧被其他警察看守着,他们都端着枪,但这些人只是小卒子,既不会也不想告诉我们下一步的事。这事太荒唐!我口袋里有不少钱,有麦克雷雷大学的录取通知书,可今晚我见不到妈妈,家里也没人知道我遭遇了这种事情。

忽然,就在那一刻,另一辆从内罗毕开来的巴士停到现场。乘客们透过窗户往外看,好奇路边为何蹲了这么长的队伍,其中居然有肯尼思和帕特里克。他俩下车来问怎么回事,可卫兵只是耸耸肩。他们打算把抓的人怎么办?问长官去!他们说,不过他们准许我和肯尼思说话。我把身上大部分钱和我的旧衣裳包裹托他交给我妈妈。他们的车也走了,但我现在有了安慰,知道有人会把我被捕的消息告诉家人,我妈也能平安得到一些钱。可我先头幻想

---

① 这三位都是"非洲当选委员组织"(AEMO)的著名成员。

过的母子重逢的场面可完全不是这个样子啊!

他们就让我们在太阳底下蹲着,直到最后一辆巴士也开走了。现在总算允许我们坐下,小小的恩典,谢天谢地。我越发担心,接下来的事情不得而知,就算被释放也不知怎么办——在哪儿过夜呢?难道步行二十公里回利穆鲁吗?我知道姨妈嫁在巴纳纳山附近,但不知道她家的准确地址。我茫然无措。情况越发复杂荒唐,我只好努力回忆一天中发生的所有事情,理清头绪。

早晨在卡胡基尼,我还是位受人尊敬的老师。教书不是我的首要选择,这只能算是等待大学录取的权宜之计。其实我很想当记者,《东非标准报》,肯尼亚主要的英文日报曾在"联盟中学"招聘面试,我前去应聘,但没成功。

然而,教书一旦开头就会产生感情,我的记者梦烟消云散了。和学生们在一起我如鱼得水。爱把自己的姓念得跟拼写相同的英文单词一样的校长基玛尼·韦尔行事颇为夸张,我到校教课不出几个星期,那一带所有的人就都知道学校员工中新添了一名"联盟中学"毕业的天才。等《东非标准报》刊出了剑桥大学考试结果,他就更是拿着报纸到处跑,作为他手下那名老师就是天才的佐证。

这天早晨我和他一起从卡胡基尼赶到了基安布,领到薪水后,他主动提出可以第二天陪我回利穆鲁,但被我婉拒:我必须立刻回家庆祝和妈妈的约定取得的伟大胜利。

可如今我被抓捕在大路旁,不知命运将对我如何发落。

那辆带走"步枪先生"和"机关枪先生"的吉普车开了回来,两名军官对我们的卫兵嘀咕了几句又一溜烟跑了。等待总算有了结果,可对我们不利。卫兵把我们推推搡搡,把两两成行的队伍押解到提姆比格瓦国民警卫队的哨所。这哨所有座铁皮屋顶石墙壁的大房子,还有几座小木头房子,中间围出一块空地。几道铁丝网环绕着整个大院子。我们被推进一间几乎毫无光亮的屋子。哨所的其他房间全都关满了人。这肯定是一场大扫荡——我们那辆巴士最后落网。当初要听肯尼思和帕特里克的话该多好,甚至听校长的话也好呀,就不会落入猎网了。可我不想自怨自艾,就是不明白命运为何突变,从早上的灿烂希望怦然跌至晚上的漆黑绝望。

情况忽有了转机,古德·华莱士和我同父异母的哥哥约瑟夫·卡柏来看我了。我热泪盈眶——当然是肯尼思传递的消息。

59

　　如今,无论何时想起古德·华莱士,我俩当初在恩戈尼亚隔着铁丝网说话的情景就会浮现脑海,但很快就会被他在深山老林与集中营千辛万苦之后回家团圆的画面所补偿。我们后来才明白他真是九死一生,侥幸活了下来。时值三月,一场大屠杀的消息传遍世界,在霍拉集中营有十一名政治犯被大头棒活活打死,这些人被视为死不悔改,负隅顽抗,于是被处以极刑。这场霍拉的恐怖事件突然提醒全世界,自1952年宣布进入紧急状态以来,七年当中肯尼亚人民遭受了何等残酷的现实!甚至韦斯特敏斯特神圣的大厅里也响起了工党议员们要求哈罗德·麦克米伦[①]做出解释的呼声,毕竟肯尼亚还是英国的一块殖民地呀。好在古德·华莱士被释放后告诉我们他还算运气,待过的各种集中营里,自始至终没碰到过霍拉发生的惨状。

　　古德·华莱士始终令我惊叹不已。1957年岁末才被释放,他

[①] 哈罗德·麦克米伦(Harold McMillan,1894—1986),英国政治家、首相、教育家、作家,1957年至1963年出任英国首相。

立刻摇身一变,就从木匠、游击队战士、战争囚犯,变成了一个商人,买进卖出各种食材,千方百计养家糊口。他从不向苦难低头。瞧,自己才自由几个月就和约瑟夫·卡柏来救我了。我发现他总是在卡柏背后一步,让卡柏一个人说话。即使卡柏浑身便衣,也是一副军人派头,这是他二战期间参加"英王非洲步兵团"留下的岁月痕迹。他抽烟一根接一根,烟头故意用鞋子慢慢踏灭或熟练地远远一弹,平添几分长官神气。他习惯于下命令,轻而易举就赢得巴结,获准跟我讲话。他们让我走出牢房,卡柏不停地跟卫兵说话,好给我和华莱士赢得谈话时间。华莱士急急忙忙告诉我他离开大山向卡鲁伽长官投案自首的更多细节。

　　古德·华莱士告诉我,去卡鲁伽家投案的那天前一夜,他饥寒交迫,独自躲在离此地不远的咖啡树丛里,不知自己被捕后会被当场打死还是被押送到基吞古里上绞刑架。他使劲给我打气,嘱我切不可绝望,还保证卡柏会利用他在政府的关系确保我被释放。他提到的"饥寒"二字让我肚子咕咕作响,他说会给我送吃的来。过后不久他真的给我送来了一个面包。卡柏反复强调,我不曾违反任何法律,他一定能让我获得释放。那些和他说话的卫兵都是无名小卒,无权处置任何犯人,所以我只能等到第二天,他再和上面讨价还价。

　　我眼巴巴看着他们离去,想到命运是何等的捉摸不定。不久之前,他俩还在里头而我在外头,眼看着他们兄弟互相厮杀我却无能为力——卡柏站在政府一边,而华莱士在山里打游击。见到他俩的欣慰渐渐在消退,不过他们保证过会救我——熬过这一夜就好了。

60

　　我们被塞在一起,只有站脚的地方,周围一片漆黑。不知上厕所的事如何解决。我学其他人的样子,大声喊叫要求去用外面的厕所,当然是在卫兵监视下。我声音太小,其他人就为我一起喊卫兵,以示团结。膀胱松快后,我又回到牢房,但只能站着。不行,两只脚受不住了,我只好推开别人,挤到墙角溜到地上坐下来,背靠着墙。

　　这时候已经传开了,说抓来的人中间有个"联盟中学"的学生。众人纷纷转向我,黑暗中,鬼魂一样的声音在叽叽咕咕,好生奇怪。对他们的问题我只能回答说我不知道,几句同情的话便招惹得我两眼含泪。这些人中我也许年纪最小,但我绝不能流眼泪,无声的哭泣也不行。

　　我只能装聋作哑,不回答任何纷至沓来的同情的低语。我缩回自己的壳里。要是我在巴士上绝口不提自己"联盟中学"毕业要上大学的事,情况会不会好一些呢?我表示怀疑。我觉得这一切似曾相识,降临到头上的祸事只是一连串劫难中的一环。自从四年前那个一月的下午,"联盟中学"敞开大门让我进去之后,这串劫难就一直缠着我不放。我想起第一个假期回到利穆鲁时发现老家被夷为荒地的悲凉。

有位智者曾经说过,但凡历史事件总要发生两次,第一次是悲剧,第二次是喜剧。这话正合了我眼下的遭遇。这个提姆比格瓦哨所四年前我还帮助修建过。第一次回家的震惊还能发出悲惨的回响,而这次回家的喜剧连笑声也没有。难道只因我说了一句上过"联盟中学"就被当成罪犯关进监狱,天下还有比这更荒唐的事吗?

与这些回忆的搏斗无法令我的痛苦麻木,也不能减轻我的屈辱。十点钟之后就不允许出去上厕所了。黑夜遮掩了那些憋不住就朝墙壁小便的人的面孔,但遮掩不了刺鼻的臭味。我妈妈常说夜晚尽头总是黎明。于是我满怀希望地企盼着黎明的到来,将这难闻的骚臭味驱赶走。

61

星期六

军号声伴随着英国国旗冉冉升起,打断了我脑海里的混乱场景。但愿上帝今天能比昨天慈悲些、温和些。仿佛祈祷得到了回应,伴随着黎明,古德·华莱士和卡柏终于来了,还带着一大块面包。因犯们盼望亲人送来吃的,那些没人知道他们下落的犯人只好指望能从别人那里分得一杯羹。我把面包掰开,分给身边最近的人。

卡柏大摇大摆,神气活现,嘴里吐出一串串烟圈,然后用靴子把烟头踏得粉碎。卫兵抱歉地解释他们的白人长官还没来,不过肯定会来的。他俩走前对我保证上午晚些时候还会再来。古德·华莱士告诉我他俩忙了一夜,联系大人物,我明白他们是在给那些自称有影响的人送礼行贿。卡柏要我放心,今天定有好消息。

那位白人地区长官显然不住在哨所,他终于开车来了。也许这是对卡柏权力与影响的一场考验。周围忽然有了生气,警察们纷纷立正向长官敬礼,称他为阁下,那种讨好巴结的模样看起来荒唐好笑。警官们个头更高,年纪更大,一个个全副武装,可他们的娃娃长官个头矮小,体魄单薄,身着便衣,除了屁股后面挂了把手枪,样子倒也和善。不过他时不时就摸摸那把手枪,好像害怕他自己的部下似的。犯人们开始相互一遍又一遍地念叨他们的清白无辜,他们相信,只要白人长官听到了真话,肯定就会把他们给放掉。白人长官肯定比他们的黑人下属更体恤人,这案子就好比善心的主人不知自家的恶狗呲牙乱咬无辜的良民嘛。

犯人们一个接一个地进入办公室,再一个接一个地回到牢房,抱怨的话全都一样:长官只听那个既是报案人又兼笔译口译的警察的胡说八道,众人也不再议论当家的主人与看门恶狗有啥不一样,骂他们统统是殖民政府的臭狗屎。

终于轮到我进办公室了。这位白人长官装模作样,故作严厉,也许是想在年纪比他大得多的非洲下级面前耍耍威风。就连他俯身看着打开的文件、手握一支钢笔的姿态都像是取悦观众的表演,与三年前我遇到过的那个"约翰尼小子"如出一辙。他连头都不抬就问我为何不缴税。听过前头那些人对那个翻译的抱怨,我赶紧为自己辩护,用英语回答说我刚刚毕业,不给那翻译插嘴的机会,还急忙补上一句——我有文书可以证明。

听到这儿,长官稍稍一愣,然后目光依旧不离桌上的文件,伸手要我的文书。我把我的大学录取通知书递给他,里面包括我的剑桥考试成绩单。他聚精会神地看一遍,然后终于抬头看看我。那脸上是不是写满惊讶?甚至脸红?我暗自思忖,他的名字说明了自己,因为我在心里叫他"红脸约翰尼"。

"联盟中学"?

是的。

去上大学,对吗?

是的。

"红脸约翰尼"往后一靠,松了一口气,仿佛要打算开始一场更合他口味的谈话。这谈话会比调查一群年纪比他大得多的穷苦农民是否缴税或讲真话的可恶公事有意思得多。

你比我快一步,他说,脸上掠过一丝微笑。我还在等是否被牛津大学录取的消息。我是"约克公爵中学"毕业生,你们学校曲棍球的灾星,他补一句,有点得意扬扬。

一年前在姆通基尼与安德鲁·布洛克特的谈话闪过我的脑际。这位坐在那里决定我命运的年轻军官也在等着上大学?他在政府的工作就像我在卡胡基尼小学的一样,不过是暂时的。我们情况相似,但我们隔着这张桌子面对面,中间还有一把枪,我一面提醒自己,一面听这个军官说下去。他依然喜欢体育运动。他还记得与"联盟中学"的最后一场曲棍球赛大获全胜,他就是其中一名球员,他说。我祝贺他,就好像那胜利刚刚发生。我想提醒他去年十一月的四场足球赛中——两场主队,两场客队——"联盟中学"都打败了"约克中学",但心里清楚跟他说失败很不合适,就只说了一句的确"约克中学"和"威尔士中学"的曲棍球都比"联盟中学"水平高,他一听更高兴了,而那个警察翻译只有继续茫然、继续恼火。怎么净扯些体育的事,我暗暗嘀咕,依然对自己的命运提心吊胆。最后,他终于问起我离开"联盟中学"后在干什么。我如实相告。依我看,你的文书都合程序,他边说边把那些文书递还给我。你可以走了,他接着说,几乎显得疲惫不堪。

离开办公室后我也疲惫不堪,但是松了一口气。出来的路上我看到抓我的那名警官"步枪先生",匆匆朝办公室走去。我不理他,只朝狱友们挥手示意。我头也不回。我正在从牢房走向欢庆,期待见到我的哥哥们,告诉他们不用大老远跑来白费力气,他们的使命已经完成。

正要拐过墙角时,忽听背后有咚咚的脚步声,是那个警察翻译,他命令我站住。比瓦那警官在找你,他对我说。

我一面往回走一面纳闷,难道是我落下文书了吗?那警察跟在我的背后。一眼看到刚才那位长官我就明白,他的心境已经变了。这位热爱曲棍球、期待念大学的"红脸约翰尼先生",决心强制执行法律与秩序,又摆出那副英国殖民军独裁判官的嘴脸,原来他发现了比强迫穷人缴纳人头税更道德、更开心的东西。

好哇,你敢反抗抓捕?跟我的警官作对?你以为"联盟中学"给了你权利,敢攻击执行公务的警官?他不容我分辩。把他带回去!他下令说。"步枪先生"还在办公室里,就站在他年轻长官的身旁,看得出来他目光闪闪,得意扬扬。

谁也不会得到这位年轻长官的宽容和慈悲。因为他初出校门,缺少历练,对自己执行的法律一无所知,所以对干这行时间长得多的老警察言听计从。

傍晚,警察把我们赶上一辆卡车,在武装人员押送下,卡车驶离了哨所。没有告诉我们这是去往何方。我暗想会不会押往哪个采石场,把我们乱枪打死。自从全国进入紧急状态以来,早就听说过老百姓无论被怀疑有何罪名,都会遭到扣押,然后放进深山老林,说是可以自由回家,接着却被当作连续战斗中的恐怖分子,从背后乱枪打死。直到卡车停在一道铁丝网前,大门敞开,把我们吞了进去,我才听旁人说这是到了基安布羁押监狱。

多滑稽啊!星期五我就在这个基安布领到此生最大的一笔工钱,和朋友欢聚一堂。可现在又回到老地方,钱没了,也没人认识我。监狱看守对一切问题都摇头不答,我们命运未卜。一个崩溃的星期六,我在脑海里写下了一篇日记。

62

进了基安布羁押监狱,我们被迫排队掏出自己所有值钱的东西——金钱、手表、其他私人物品——统统交给报到站;这些东西被清点记录,分别放入不同的包袋,贴上标签,收到柜台后面。我们被分到不同牢房加入陌生人中间,因为这里已经关押着其他等待审判的犯人;分开的感觉就像家人离散,所以我们三个来自提姆比格瓦的人被推进同一间牢房时,我暗暗庆幸。看守从背后把门给锁了。

过了几分钟门又开了,扔进来几条毯子。我们抢到什么是什么,在冰冷的水泥地上坐下,身体几乎挨着,用毯子包裹着膝盖和双脚,设计关四个人的牢房已经关进了八个人。高高的天花板上亮着一只电灯泡,但光线昏昏。很快我们就习惯了,能彼此看清对方的轮廓。

先来的几个犯人和我年龄差不多,但面容冷峻。他们提防地打量着我们,仿佛生人闯入了家门。我那两位提姆比格瓦的难友明显年长些,至少跟我们其他人相比是如此。有一阵子,先来者只是互相咬耳朵,但我们为何被带到这里来的问题终究躲不开,所以先来者与后到者之间的壁垒终于打破了。我没参与交谈,但当一位提姆比格瓦难友透露我是"联盟中学"的时,他们全都摇着头,嘟嘟囔囔直抗议,好像我的被捕太冤枉就能证明他们自己也被抓错了。先来者们你一句我一句地骂道,这些殖民警察狗改不了吃屎,进入紧急状态正好胡作非为,他们最见不得我们黑人读书上学。

对于我冤屈的一致同情又引出了他们自己辍学的各种故事,比如交不起学费啦、考试不及格啦、老师太凶啦,或者仅仅以为更有意思的生活在招手啦,最后这一点他们现在承认纯属错觉。还有一两个人从没进过学堂——他们那个地区没有学校,那些独立学校早就遭禁了。

那他们为什么被关到这里来了呢?一个因为抢夺印第安女人的钱包,另一个正欲破门而入偷一家布店,还有几个打算持枪抢银行。枪呢,是跟一个警察租来的,那个警察要跟他们一起分赃。他们感觉自己被出卖了——他们指望传递消息的内线原来是个卧底。有朝一日抓住那个叛徒,不管还得等多长时间,他们一定要报仇雪恨。他们说话时不动声色,仿佛拉家常一样,但让听的人不寒而栗,因为他们目标明确、决心坚定。这对我来说更其可怕,因为他们的话暴露出,罪犯与打击罪犯者竟然狼狈为奸。

对有些人来说,当下的被捕坐牢不过是进进出出中的一次——犯罪已成为他们的生活方式;对另一些人来说,则是在交换不同时间坐不同牢房的经验。有几个人甚至还说起,他们是如何一次又一次靠申诉喊冤逃脱了绞架,改判了有期徒刑,再靠表现良好获得减刑。

那些大谈坐牢经验的家伙,既没有眉飞色舞,也没有惊天动人,只真切切,如同沿街闲逛时聊着偶然遇到什么小意外一般。

他们不谈使自己沦落到这步田地的根由，也不对塑造他们生活的社会环境抱怨。他们看待社会就如同接受大自然及其变化无常的现实。在这样的社会生存，人只好去干不得不干的事，他们并不想改变社会，因为江河高山、洪荒烈火谁改变得了呢？

63

我发现我的提姆比格瓦难友们变得越来越安静了,仿佛认识到了他们的经历与那些年轻人决然不同。他们的年纪大得多,似乎很吃惊在这座羁押监狱里居然有人自认犯罪,而且还说得那么气定神闲。其实他们根本就是当局的受害者,警察完全是没事找事,胡乱抓人。

一个自认犯法的家伙大吹特吹他犯罪时多么勇敢,声称偷扒钱包也需要察言观色,手疾眼快,情绪稳定。这时情况突变,一位提姆比格瓦难友终于打破沉默,慢腾腾开口说话,声音低得像在耳语。

年轻人,我跟你说话是因为你的年纪就像我的儿子一样,而且命运把咱们拉到了一起。抢别人的钱包,不管是欧洲人的、亚洲人的,还是非洲人的,都算不上什么勇敢。跟警察租枪,拿自己性命冒险,让本该执法的警察随意处置赃款,这些都算不上什么勇敢。那些钻进大山、与比自己强大十倍的敌人作战的大姑娘小伙子才是真正的勇敢,因为他们不是为了个人利益而战,而是在响应一个社会的愤怒呐喊。孩子们,勇敢的是那位老人姆比尤,他放弃了老酋长的地位、大地主的财富和老年人的安宁,把自己的一切都献给了社会。

你说的就是老酋长考因南戈·瓦·姆比尤吗？那个抢银行的罪犯，或者按照我脑海里刻下的名字——"银行抢劫犯先生"问道。他放弃什么了？他的土地？我爷爷给他干活干了好多年呢，他给过我爷爷一块地吗？他家儿子差不多都在英国，平平安安，有个儿子如今还当着酋长……

他不可能把土地分给这个国家没土地的每一个人，任由白人坐享从咱们手里偷走的土地。他的儿子们也没逃过迫害。他追求的事业能给他增加什么财富？不，他是为了咱们大家，没有土地的人，穷人。由于他为教育、土地和全体百姓的自由操心，老人家如今正在马萨比特那个遥远的沙漠里受煎熬呢。

没错儿，可是我听说他需要的仆人全都跟着他，就连他那群老婆也准许跟他一起过呢。

在流放中？在马萨比特？背井离乡和亲人生离死别？难道你不愿意住在自己的家而没有仆人，倒更愿意住地狱而被仆人围着照料伤口吗？

他到底献出了什么？勇敢在哪里？

谈话变成了一场两人之间的争斗，是唇枪舌剑，没错儿，但同样是争斗。

老人沉默片刻，好像不打算再继续了，其实他只是在理清思绪，以利再战。

老人家牺牲了他的一切，为的是比他个人更大的事业，我在这里就说这么一句，谁要是把这句话传出这个小圈子，我到死也不会承认的。

他描画了那位酋长1929年以后的生活轨迹：被任命为殖民长官，接着就把这个头衔变成了反殖民主义申冤的平台；他为全民教育而斗争,尽管自己从没上过学;他在伦敦的"卡特土地委员"上作证;他把自己在基安巴的家变成了一座议会,许许多多民族主义者齐聚这里,为我们的自由共商大计。

接着他讲了一个扣人心弦的故事:为自由而战的大计如何在那位老酋长的家里精心筹划;老酋长如何把自家的仓房变成了弹药库。只有极少几个人知道那个秘密地方,但不知怎么被他的儿子伽提欧米发现了。于是他就决定让这个儿子从人间消失:因为,他若不死,就得有成千上万的人死啊。面对这个痛苦的抉择,老酋长态度决然。年轻人,你读过《圣经》吗?你知道亚伯拉罕被要求献出亲生儿子支持更伟大的事业时他有多么悲痛吗?只是这件事上,上帝出手干预,给了另一个选择。《圣经》还给了我们另一个榜样:上帝太爱世人,把自己唯一的亲儿子奉献出来……①没错儿,伽提欧米不是他唯一的儿子,可哪个父亲对自己所有的儿子不是一样心疼?

我从小在利穆鲁长大,早就听说过伽提欧米神秘失踪的传言。现在,此事竟在十年之后,在我最想不到的地方,被人公开讨论,而且这里离老酋长的家园只有一两英里远。牢房里的空气本来紧张得好像用一片刀片都能划破,结果被来自提姆比格瓦的另一个人弄得更加紧张了。

你除了逃避收税员,还有啥勇敢可以吹呀?那个"银行抢劫犯先生"挖苦道。

在这里大家素不相识,可是他俩斗起嘴来就像两个老冤家。

年轻人,老人回答说,不向残忍的政府缴税算不上什么大罪恶。不过我还是照章纳税,免得惹这类麻烦,耽误我的工作。检查

---

① 典出《圣经·约翰福音》第三章第十六节。

时我只是没带那些文书,这帮走狗又不听任何解释。至于勇敢,我来告诉你,我可能握不住一把刀,也不会开枪射击,但是……

他呛住了,停了片刻。接着讲了一个骇人听闻的故事。他把自己看作一名自由战士,以前在内罗毕工作。有一回,一名极其残忍的亚裔地区副官被抓获判死刑,因为他亲手杀害过很多爱国者。他们如何处理那家伙的尸体呢?殖民军队会颠倒黑白的。于是死刑执行者们把尸体剁成碎块,然后把这些碎块交给人们——讲故事者在内——要他们埋到内罗毕附近的乡下去。人们不认识那些死刑执行者,其他人也都互不相识。这办法就是让任何人一旦被抓遭受严刑拷打,谁都没有完整的情报。交给讲故事者的是一条胳膊,他用报纸包了起来,放进一只篮子,上了一辆巴士。可车刚开出内罗毕就被拦停,警察上来了,甚至还戳了戳他的包裹。他吓得浑身直冒汗,因为那包裹正在渗出血来。幸亏警察对那些文书不齐全的人更感兴趣,一场大难侥幸逃脱,但他却一直无法忘怀。听到这些,连那位好斗嘴皮的冤家也不再发声了。

昨天下地回来,今天我就进了牢房。为什么?就因为我文书不齐全。

牢房里顿时鸦雀无声。他的名字我想好了,就叫"胳膊先生"。虽然看不清其他犯人的面孔,但我相信他们对讲故事的人一定刮目相看,而且还多了几分敬畏。我感到脊背发凉,挨都不想挨他一下。他干吗给我们讲这种耸人听闻的故事?

是监狱给忏悔提供了空间吗?是因为听者全都陌生,不会说出去吗?还是因为众人同遭冤屈就同病相怜呢?我不知道。记得曾进过医院,目睹病人喜欢互倒苦水。不过我也注意到,今天的谈话中谁也不报自家姓名,不提家和家人。我是唯一被人知道来处的人——来自"联盟中学"。

64

突然,那两个抢劫犯与另一名犯人互相打手势。他们站起身朝我走来。我吓坏了。好在他们只是走向那个没门的茅坑,就在这间牢房的角落里。两个人拉起一条毯子做门帘,第三个人钻到了帘子后面,很快就听到拉屎的声音。他们轮流上茅房。我被臭味熏得恶心要吐,可我自己没东西可释放。几小时后就闻不到了,不过我明白这只是因为所有的人和所有的东西全都一样臭。我颇为惊讶,甚至感到好笑,即使碰到拉屎撒尿的事,这些忏悔恶行的人依然心存一分羞耻感。

我想睡却又不敢睡。我害怕门外的卫兵,门里的难友,这间牢房,一切的一切。逃不掉,连退缩都不可能,命里注定与他们做伴,我了解他们的机密。他们对我毫无恶意,不论言词还是动作。可他们的故事在我心里掀起无法言说的波澜。

开始犯困打盹了,我发觉自己拼命挣扎,想保持清醒,保持警惕,虽不知为什么,就是觉得必须睁着眼睛,睁着,睁着。好难呀!结果就悬在了半睡半醒的蒙眬之间。

恍惚间我来到一座种植园。徐风吹来,掀开表面,宛若打开了一本书,一页又一页,展现出不同的庄稼——咖啡、茶、剑麻、棉花——从四面八方一直延伸到地平线。我是这座巨大种植园里唯一干活的人,只要想歇手休息,那名银行抢劫犯工头就会阻止干涉。他一手拎着把大砍刀,另一手握着条鞭子,只要我干活稍稍懈怠,鞭子就啪地响起来。为什么?为什么啊?他和我一样是黑皮肤!突然,他的主人从天而降,骑着一匹马,马蹄却是橡胶做的,无声无息。他指着我吩咐那个银行抢劫犯,要是这小子再敢偷懒,把他剁成碎块!我想反抗,但嘴却说不出话来,再努把力,话没出口却唱出歌来——《我主,多好的早晨》,起初声音沙哑,像是喉咙里卡了咳嗽,接着就顺畅了:

你会听到号角响起,惊醒地下的民族,
面向我主的右手,当群星开始坠落。

我抬头仰望头顶的苍穹,只看到一颗星星,光芒还被乌云遮挡了。主人狂奔而去,逃避即将滂沱的大雨。这是不是要工头动手剁碎我的信号啊?忽然,但见好多人不知从哪里冒了出来,腰间都裹着毯子,上身赤裸,朝我慢慢逼近,边走边唱《心随歌动》,但末尾一句却是:来载你回家。

不,不,他们骗不了我。我知道他们说的家什么意思。每个人都被命令用毯子把我的尸块藏起来,好埋到这座种植园最远的角落里去。起先我求他们留神工头——我知道主人给了他什么命令,把我干掉之后,他就会对你们所有的人挨个儿下手。他们对我不理不睬,于是我对他们放声歌唱,淹没他们的歌声,我大声呼唤:自由,哦自由!现在他们听到我了,我们一起唱道:

在我变成奴隶之前
我要把自己埋进坟墓

> 回到我家和主的面前,自由自在。

感动我的不是埋进坟墓那句歌词,而是自由!自由!给我自由!的反复重申。我对歌中的坚定主张——"痛苦的呻吟不再有"以及拥有歌唱和祈祷自由的希望大为振奋,因为我切切期盼的不就是将来能有一天不再忍受地主工头的压迫吗?我们的歌声令那工头惊恐万状,他惶顾左右,开始后退,不知怎么回事,他那把大砍刀和那条鞭子渐渐合成了一支步枪,枪口正对准我们。

但我们藐视枪口,舞动着我们的毯子,如同挥舞着旗帜,向他逼近,高唱谁也无法阻挡我前进。我要坚守下去,直到发生巨变!人多势众,终究锐不可挡。

65

拉屎撒尿的声音把我惊醒,回到了现实。梦中那些唱歌者原来是难友们在排队上茅坑。茅坑已经满到外溢,连最勇敢的人也开始咒骂不已,而那帘子后面的人仍在继续拉屎撒尿。

我紧紧守着自己的角落,因为值。让我缩进自己的壳更深些吧。就像在提姆比格瓦的那夜一样,装作只须在这地狱里待一晚上。但是我绝不能再睡过去。不过这样太难——要跟眼前掠过的种种幻象进行搏斗才行。我必须挑选从前哪件好事的场景紧抓不放,比如四年前"联盟中学"向我敞开大门的那一天。可眼前浮现的却是那位跟我年纪相仿的地区长官,一脸狞笑,让我想起那天早些时候他先放我走,后来又叫人把我抓回去,就好比一只白猫在戏弄一只黑耗子。他溜进我的梦,装扮成了种植园的主人。浑身上下统统是伪装。但这一回他休想骗我。我不是只耗子,我是人。我没犯法。那个白人男孩的什么才能我不具备啊?我要幸灾乐祸,要看着他没考上大学,这是唯一我胜过他的地方。甚至肉体上,一个对一个,一拳对一拳,我想我也是平手——我不是行过割礼算成年人了吗?没错儿,一个声音回答我,但这与成年人、年龄、身体或头脑毫无关系:你想知道权威了不起的模样吗?是的,我回答。他却倏然消失。就这样。顶替他的是安德鲁·凯恩古的声音,念着《李尔王》中的台词:

你可见过一只农夫的狗对着叫花子狂吠乱叫?
可怜的人儿撒腿就逃?①

是的,是的,地主卡哈胡的狗曾吓得我拔腿就逃。我被狗咬了一口。那你怎么办?那声音问。没办法,只好回家去哭。那声音大笑着说——一条得势的狗,也可以使人家唯命是从。②

但是我拒绝服从。仿佛回应我的藐视,那白人男孩坐着一辆路虎再次出现,车上满载全副武装的士兵,把我发配到了马萨比特。我被套上了一件哥伦布猴皮长袍,我发现其他人穿着也相似。我们全都是有手段的人,身上的稀有动物皮毛就是明证。马萨比特是一片长满剑麻的森林,在该长刺的地方却冒出大片绿叶与鲜花。马萨比特是世外桃源的假名,在这里流放者与疲惫的旅人找到了他们的家与安宁。在这个马萨比特世外桃源里,树干上钉满传单,写着情意绵绵的消息。但请等等,这全都是幻觉。这些都是英国皇家空军扔下来的炸弹,落地时变成了不杀人的传单,我拾起一张来看,上面写着除非我们走出森林,不然就会被剁成碎片。我们朝四面八方狂奔,穿过森林。我独自一人披着一块破破烂烂的毯子,在林中乱转。大雨倾盆,狂风呼啸。忽然天上掉下个小矮人来,用一根干皁扎透我的破衣裳,我只有无助地哭喊:不公平!不公平!那个小矮人说,听着,这一切都是幻觉,没下雨,太阳正照耀着一大片百合花呢。我在一根倒地的树干上坐下:阳光真的很灿

---

① 莎士比亚戏剧《李尔王》第四幕第六场。
② 同上。

烂。那个小矮人正跟我说这场旅行快到头了：

> 就请你们这样思量，
> 一切便可得到补偿；
> 这种种幻境的显现，
> 还有这些浅薄无聊的题材，
> 都不过是幻梦一场。①

一场梦！梦中之梦！总算透了口气，我自言自语，阳光透过打开的牢门和那只小窗把我照醒了。监狱看守在大叫：出去！出去！两人一排站好，领你们的粥！星期日早晨到了。

---

① 莎士比亚戏剧《仲夏夜之梦》第五幕第二场。

66

星期日

牢中的噩梦令我前思后想。梦里发生的事显然不合逻辑,但我总想弄懂这些梦。梦境常常来自白天或早些时候发生的真事。不合理之处在于这些场景连贯的方式。有时候我害怕这些东西大白天就会落到我头上。独自在田野,独自赶路,不同景象开始连贯起来,这是什么意思啊?旷野里的花忽然在你面前翩翩起舞或小鸟忽然张口对你说话意味什么呢?在你前头走路的人忽然变成另一个人,来自另一个地方,另一个时间,那又象征什么呢?也是梦吗?

但黑人圣歌中的意象来到我牢房的梦中,我并不该大惊小怪。不久之前,我曾组织卡胡基尼的学生举行了一场演出,与以前在卡胡基尼组织利穆鲁的青年们演出的那场相似。这一次,黑人圣歌与其他赞美诗以献祭为主题,把亚伯拉罕对以撒的献祭与耶稣对十字架的献祭相联系。通过载歌载舞,我们讲述了撒拉恳求上帝,然后听到上帝通过天使传给她的回应。她得到一个笑呵呵的男孩,起名以撒。我们给这个圣经故事做了增补,再次载歌载舞,让撒拉变成了圣母马利亚,悲泣自己唯一的儿子被钉死在十字架上,她也听到一个声音,在说着耶稣复活成为新生命。我们没有剧本,只是口头即兴表演,一条纤细的圣经故事主线串起来两个圣经事件。主场表演在伽吞杜教堂举行,就在我被捕的几周前。

演出大受欢迎,以致老人们问我能否再演几场。基玛尼·韦尔很赞成,因为这意味着卡胡基尼小学将继续成为社区民众关注的话题。我的剑桥成绩与麦克雷雷大学的录取通知已经到手。我知道自己只剩下几个星期时间了。当然需要一场告别演出。就在这个星期六我应该做出明确答复。

67

尽管我对福音教派有疑惑,但不知怎么内心还维持着这份信仰。即使没有一群人可一起忏悔,我还是充满疑惑也不放弃。基玛尼·韦尔与卡胡基尼小学的同事们曾想用美酒和女人诱惑我。我决定把自己的信仰公开来,有时还对他们传道,这有助于我抵抗诱惑也能重挫他们罪孽的兴致。甚至我一言不发,他们也能感到我无言的道德压力。他们越是考验我,我就越是坚守自己的信念。但这不能给我慰藉,因为我无法让他们追随我的道路。

实际上,在我狂热追随"得救者"教派的日子里,我也没能成功劝服任何人皈依,每逢我声明自己的宗教信仰时,这一事实就会令我对这个信仰忐忑不安。他们似乎发觉了这一点,同事们就故意寻开心,对我的信仰相互争论,还问些我无言以对的问题。基督徒谴责一夫多妻制,可为什么所罗门王却有上百名妻子?或者亚伯拉罕怎么弄大了他的女仆夏甲的肚皮,后来又把她和她的儿子以实玛利赶进大沙漠?

这些问题其实他们并不真感兴趣,就是想听听我如何解释。名义上他们都是基督徒。那你们为何每个礼拜日都要去教堂?我反唇相讥。他们就说去教堂膜拜上帝祷告上帝呀。那你们如何结束祷告呢？以耶稣基督的名义，阿门。瞧，你们承认自己是基督徒，却又否认事实。是的，我们是基督徒，可我们不是"赞美耶稣"那一派，和你不一样，不是"被救者"。争论就此休战，但只是暂时而已。

不过在其他方面他们对我都挺关照，带我去他们的家里做客，也不再争论宗教问题。有位老师说他家所在的恩根达地区的村里有个女老师，博览群书，包括《圣经》；谁也没她聪明，谁也没她漂亮，还说，要是让她和我见个面会很有意思。我哈哈一笑，不置可否。辩论之外，我其实对一争高下的斗智毫无兴趣。我喜欢讨论问题，交换思想和经验。我相信所有这类交流都能使人增长见识。

一个周末，这位老师请我去他家做客。我受到热情款待，甚至享用了一顿烤羊肉和依丽什锦菜①的大餐。他小小的卧室挤满了和我年龄相仿的青年男女，与一位"联盟中学"毕业生做伴人人欢天喜地。我坐到床上。我的主人和学校其他人一样夸张，吹嘘我学问高深，在"联盟中学"成绩优秀，说小学同事们一遇难题都找我请教——你们来就是亲眼一睹天才的风采。我感觉轻松自在，但信仰的问题无法回避。该不该用道德问题破坏这快活的气氛呢？可那些姑娘们不肯放过我，偏要了解我是否真被上帝拯救。被逼无路，我只好坚定地回答说没错。

剩饭剩菜收拾完之后，一盏提灯给四壁投下了摇曳的光影。她进来了，犹如演员登台进入角色。我们权且就叫她爱丽丝·A好了。所有目光都投向她，她坐在一把腾空的椅子上。众人就像对待一位闯入拳击场要与冠军一决高下的挑战者。

---

① 用玉米、豆子、青菜和豌豆等拌和而成的食品。

谈话继续进行。起初,新来者话很少,主要在听,有时会抬起她那双乌黑的大眼睛。我得知,她是附近一所学校未经训练的老师。是不是听说多次的那位啊?哦,那她为什么不开金口呢?我无法判断她的沉默是好奇还是怀疑。不论我如何努力,眼睛也无法离开她闪亮的目光。忽然她开口说话,温和地提问质疑,我立刻明白人家不是来较量的,而是真的心存疑惑。

那么,慈悲的上帝为什么允许世间有这么多饥馑、疾病、苦难?上帝为什么允许白人杀害黑人?你说上帝对我们说话——她的问题直接指向我——上帝和你说话讲的是什么语言啊?上帝和黑人说话讲一种语言,和白人说话又讲另一种语言吗?上帝会对白人或者黑人更为恩宠吗?

我大吃一惊,险些从椅子上掉下来。这些正是我质疑过 E.K. 的问题呀!此时此刻,我不敢承认上帝从未用清晰可闻的语言跟我说过话,只好拿至高无上的信仰来抵挡一阵,说上帝直接与心灵对话,无须借助某种特定的语言,上帝有他自己的语言。我用信仰把自己紧紧包裹住。那用理性来解释信仰还有什么意义?那为什么一种信仰就比另一种更可信?我推荐她读《圣经》的某些段落,但她早已读过了,还引用许多其他段落与事件对我所引用的予以反驳。这时我俩已将其他人抛在脑后,把这场谈话变成了竞赛。不过对我来说,这些就像在听从前拷问过自己的那些问题的回音。这时最响亮的回音来了——上帝是什么性别?耶稣是什么肤色?

上帝的性别?我还真没想过这一问题。我一直以为他就是男人,尽管在吉库尤语中上帝性别不明。我是受英语的影响,我猜。但耶稣的肤色问题我早遇到过了,山姆·恩提洛和他的学生埃利莫·恩乔曾给我们讲艺术,还给我们看过一些黑皮肤耶稣的画像。此刻我想起了那一切,于是便认真地阐述上帝如何以他自己的形象造人，人们可以看到任何肤色任何性别的上帝与耶稣。换句话说，既然我们都是以上帝的形象造出来的，我们每个人只需深刻地注视自己的内心就能看到上帝的真容。

突然，犹如醍醐灌顶，我居然回答了一些自己的老问题，更准确地说，我现在说话就像自言自语，无论何时何地，一旦我的信仰动摇就会如此。这一刻，我连自己的疑惑也一扫而光了。在宗教问题上，只要我把信仰置于理性之上就行。我滔滔不绝，咄咄逼人。屋内早已寂静无声，我说服一个人皈依的机会来了——就是眼前这个挑战者呀。我陶醉于自己的口才，期盼着福音传教的伟大凯旋，不曾注意到其他人都已悄然离开，只剩下我和这位美丽的对手。此时此刻她的反应也已变为随声附和：对呀，对呀，是那样啊？煤油灯渐渐昏暗，屋子里黑了下来。我的对手依然喃喃地表示着同意或不同意，并且居然神不知鬼不觉地挪到床上来了，坐在我身旁。忽然，她仿佛伸手触碰圣体，手指掠过我的手，我的雄辩腾地着了火，欲望熊熊燃烧起来。

我大为吃惊，居然不觉得自己有罪！抗拒的意志遭遇第一次认真的挑战就土崩瓦解，这个事实比罪孽感更叫我心烦意乱。可回想在"联盟中学"那个神圣小集团的经历，我觉得，道德上我已没有任何权利对他人妄加指责。

我还想见她。我们没再见面。两星期之后我就被捕了。

68

羁押监狱的日子如蜗牛般爬行,就像美国福音传教士形容过的地狱时光,这个星期天也一样。甚至连苏醒、排队、领盘子、喝粥,都慢慢腾腾。我开始认为这就是遭天谴。那个使我皈依的福音传教士说过,疏忽与故意犯罪是同等罪过。我不想听天由命。我喃喃自语地背起"主祷文"来,就是当初在基努主日学校第一回当队长那天卡在我喉咙眼里的那一段。我们在天的父,愿你的名尊为圣。反复背诵这一句,然后是宽恕我们的罪过。我用吉库尤语和斯瓦希里语反复背诵,甚至还用了拉丁语,不停重复——宽恕我们的罪过这一句。但我听不到任何声音用任何语言直接或间接对我讲话,只有沉默。

粥使饥肠不再辘辘作响。饭后允许我们在院子里放风。对我们这些从提姆比格瓦来的人来说,这就好比一次家人的团聚。他们强调自己清白无辜,如今又添了些牢骚,说牢房不同条件也不一样。这些话引起所有人的哀鸣:不知人家要拿咱们如何发落。

有难友提议下跳棋。但是没有棋盘,那就在沙地上画一个,再用小木头碎片做白子、绿子和黑子。众人围观这场比赛。在这个囚禁的小天地里，下棋可以防止心灵渐渐变得厌倦冷漠、自卑自怜。

我走到铁丝网前往外看。基安布镇就建在山梁上，中间是山谷。我的目光望向校区，然后再看那道"裁缝坡"——之所以这样叫，是因为我在那里买了量身定做的羊毛裤。这裤子我还穿着呢，不过已经变得抹布似的，皱巴巴脏兮兮。

在院子里我可以看到，人们打这儿路过去基安布城里。一群原教旨主义信徒身穿绣着十字架的白袍跟在后头，口中唱道他们正在走向天堂。他们不是走，是跑，象征他们已做好了准备。走路而不受监视，这对我来说简直是无法实现的愿望，我多么渴望呀！

希望突然升腾而起。我看到哥哥了，那不是古德·华莱士吗？我发现他没和那个军人步伐、长官派头、令提姆比格瓦卫兵肃然起敬的卡柏一起来。人家不准我出去见他，也不准他进来，但我们可以谈话，隔着铁丝网。这种位置的交换实在令我难以忘怀！哥哥很抱歉，虽然他们多方努力，但仍没能将我释放。他告诉我，昨天他回到提姆比格瓦，却没人知道我的下落，他急坏了。今天早上他又回到提姆比格瓦，给一名警官塞了钱，人家说：你干吗不去基安布碰碰运气？这名警官还说，明天我们很可能要受审判。哥哥没给我带来面包，但他表示歉意并很快予以弥补。他告诉我，妈妈叫他捎信说：绝不要放弃希望！真理永不灭！

虽然他使劲给我打气，但我发现他自己其实已无能为力。他不再安慰我说我们在找人，也不再提卡柏和他的势力。卫兵很快就喝令他离开。他留给我几句话，这是他唯一能给我的。他说：做最坏的准备，抱最好的希望。明天法庭上见。卫兵把我们往牢房里赶时，他转身离去。明天就要开庭审判，苦难就会到头的希望使我振作起来。我悄悄告诉一位难友我听到的消息。这消息很快便人尽皆知。

69

星期一

但没想到星期一是公休日。早饭的粥食而无味,我感觉和那个星期六被骗一样,当时我刚被释放才几分钟又再次被捕。我不知自己如何打发这整整一天,眼瞅着难友们一遍又一遍玩跳棋,就用小棍子当棋子,在地上戳出几个小坑当棋盘。有两个难友无人围观,才走几步就不玩了。大家都无精打采,我能感觉他们的失望,只巴望他们别为假消息而责怪我这个稀里糊涂的传话人。

我离开众人,坐下来,接着又站起来,四处走几步,再坐下来,反复琢磨我的命运。我不该把希望全都寄托于今天出庭受审,更不该把哥哥告诉我的消息告诉其他人。

别难过,一个声音响起。我抬头一看,原来是那位"胳膊先生"站在我身旁。我顿时紧张起来,还担心被他看出来。问上帝吧,他说道,自作主张地在我身边坐下。上帝神秘莫测,创造奇迹。我给你讲个故事如何?

我不想和人说话,更不想听什么埋葬残尸的故事。但这回他讲的是一只掉进陷阱的鬣狗的故事。鬣狗爬不上来,陷在深坑里,日日夜夜,没吃没喝。幸运的是一只羚羊从旁路过,听到有动物落圈套的哭喊,就停了下来。鬣狗恳求羚羊救他上来。羚羊便伸手帮了它。非常感谢你,鬣狗说,不过你知道我饿得要命,只好吃掉你了。这时野兔来了,主动提出解决纠纷。于是鬣狗和羚羊各自告诉野兔发生的事,但是说法不一样。野兔说他不相信,像鬣狗这么大的动物怎么会掉进这么小的一个洞里呢。鬣狗见野兔不相信它的话,顿时火冒三丈。野兔说,那你掉下去给我看一看。于是鬣狗又跳进了陷阱。然后野兔对羚羊说,案子断完了,你走吧。

  鬣狗真是活该,这么蠢!有个声音说道。这时我这才明白,这个故事也吸引了其他听众。一时间七嘴八舌议论纷纷,都说野兔好狡猾。野兔根本比不上变色龙。另一个人插嘴道;他也不请自来,开始讲故事。

  据我所知,这就是那个龟兔赛跑的故事,不过不是乌龟而是一条变色龙要和野兔比赛。它俩同意在变色龙居住的树丛碰头。可是野兔来到那树丛时却没找到变色龙,于是等了几分钟。野兔刚说一句变色龙那家伙不敢赛了吧,就听到变色龙说,咱们开始吧。野兔撒腿就跑,然后停下回头看看,不见变色龙踪影。就算我让它一天,它也休想追上我,野兔说完进了一家饭馆。我们这位讲故事者开始形容吃的,什么花样啊、色彩啊、味道啊,跟我们天天吃的薄粥有天壤之别。野兔再次停下来,到一家妓院过了一夜,那儿的房间床铺啊、被褥啊,也和我们在羁押监狱的有天壤之别。寻欢作乐几天之后,野兔终于来到约定的地点。刚坐下就听见变色龙说:别坐在我身上,我都等你一天半了。怎么回事?一位听众问道,不过他提问只是想说出人人都知道的结果:变色龙早已趴在野兔尾巴上了,不管野兔跑到哪儿,变色龙都能随着野兔的尾巴改变颜色,而且一直趴着等待时机。

你们知道吗,就是这两个动物给世界带来了死亡?另一位听众问。这时,几乎所有的难友都围拢过来,变成了一个故事大会。大家转而注意听这个新来的声音。那人咳嗽了几声,开始讲死亡如何降临世界的故事。

上帝造人之初犹豫不决——要不要把人造成永生不死呢?一天他下了决心,既然人是按照他自己形象造出来的,那就让人永生不死吧。他打发变色龙把这个好消息送给人类。变色龙花了好几天时间才来到人类居住的地方,一见到人类他就开始结结巴巴地转达消息:上——上——上帝,说——说——说,那——那——那……就在这时,上帝又变了主意。因为人是按照他自己的形象造的,那就得有什么东西把他与凡人区分开来才行——上帝永生不朽,而凡人必死无疑。于是他又打发野兔去告诉人类他们终将死亡。野兔必须赶在变色龙之前把消息送到,因为上帝不能失信于人。野兔到达的时候变色龙还在结结巴巴,那——那——那没个完,野兔急忙抢着接上那句话:人类必死无疑。

听到这里,关于永生到底是好是坏,众人更是争得热火朝天。辩论转而又开始对不同动物的品质各抒己见。为了支持自己的观点,大家又讲了更多的故事,就连"银行抢劫犯先生"和"胳膊先生"讲起故事来也没发脾气。这些故事使大家的心情平静下来,也使大家变得更加亲近。这一天过得很快。我也想起了妈妈讲的那些在无花果树下发生的故事。

夜晚躺在自己的角落里,我怀抱着希望。在"联盟中学"时,凯里·弗朗西斯常说要把胜利与灾难都视为骗子。我告诫自己,要时刻准备着。这话听来很熟,是童子军的座右铭。但明天结果如何的担忧仍然重重地压在心头,不知自己的童子军本领能否把这重压挪开。

70

星期二

星期二早晨在狱中醒来,我再次感到害怕,只好安慰自己至少今天会有什么动作吧。甭说还真是,喝完早粥,持枪的卫兵就把我们押往法庭。有个卡胡基尼来的人认出了我,是约翰老师,但他不在卡胡基尼小学教书,他和爱丽丝·M是同一个学校。我们最后一次见面就是不久前我误入歧途的那一天。他朝我走过来,大声问,老师,怎么回事?但人家不准他和我握手。我连忙告诉他上星期五以来我就一直在坐牢。他说他是来和教育部门解决问题的,一办完事就会立刻到法庭来。

法庭挤得水泄不通。我感觉浑身无力,但我看到了兄弟姊妹、肯尼思,还有几位来自利穆鲁的乡亲。我还是不知道自己什么罪名,不过我估计与逃税有关。我以前可从没进过法庭。

很快就开始一个接一个传唤被告。他们被判罚款,离开法庭交完钱,便获得了自由。其他种种轻微犯的罪也同样处置:指控——认罪——判罚款——缴罚款——获释。目睹难友们认罪我很吃惊,因为和他们关在一起那么多日日夜夜,他们一直强调他们清白无辜。法庭十点休庭。还没叫到我的名字。别人告诉我,人家认罪就是不想在牢里再待上一夜。有一两个人没钱找我借,我尽力借给他们,自己还剩下一点点。

71

休庭时,卫兵看守之下,也不知那两个"步枪先生"和"机关枪先生"怎么就走到了我面前,满脸的同情和友好,主动给我建议。你所有的朋友——他们这么叫我的难友们——全都认罪了。只要缴一小笔罚款就都自由了。我只有一个选择:认罪获释或者拒不认罪,等待延期审判,那样的话几乎肯定要被判刑,判了刑就会耽误我上大学的计划。他俩的建议是——完全为我好——我应当选择自由。我这么年轻,还有那么多梦想可以追求。警察会助我一臂之力的。要是我答应,他们会出庭作证我表现良好,我的苦难也就到头了,法官甚至可能不判罚款就宣布释放,但如果我不合作,那无论什么祸事临头可就怪不了他们了。

他们先前对我那么残酷,现在却又满嘴同情,这么乐意帮我获得自由,真是无法令人置信。他俩装得好像这世上就他们是我唯一的真正朋友似的。我一言不发,不想争辩。我看得见亲人和朋友,却与他们完全相隔,这令我倍感孤独。刚到"联盟中学"上学的日子里常做的那个噩梦,一群嗜血的猎狗蹲伏校门口等着扑向我的噩梦换了一种方式又回来了:猎狗还在追赶我,我大喊救命人们却听不见,他们从一旁经过,连我这边看都不看一眼。

审判重新开始,法庭又挤满了人,连那些已被释放的人也回来听我的案子。我坐在被告席上,一个人,被看守着。一切对我都是头一次。"步枪先生"和"机关枪先生",这两名刚刚自称是朋友的人也在法庭里。"步枪先生"的眼睛里闪着一丝邪恶的光,警告我要是不认罪,就得后果自负。我依然预料自己会被指控逃税,便开始寻思也许应当学别人的样儿。这案子不是法律与公道的事,而是监狱与大学之间的选择。

但指控一经宣读,我便呆如木鸡,无法相信自己的耳朵:完全与缴税无关;我被指控拒捕,攻击一名执勤警官。观众们也倒吸了一口凉气:他们都知道,国家在紧急状态下,拒捕就等于自寻灭亡,更不用说攻击警察了。我被要求认罪;但我站起身来,想说明我是清白无辜的。不,我只需要对指控说"是"或"不是"。我想解释,想说出事情的真相,但主审法官连称不,不,不,你只能说"是"或"不是",你以后会有机会解释的。我的眼泪顿时涌了上来,我发现自己深深地陷入了一个阴谋圈套。

他们为什么不准我戳穿这项指控本身就是一堆谎言?他们看得出来,我对法庭程序一无所知。最后他们记录了我不认罪。我坐下来,审判开始。

主审官发问,公诉人是否准备好传唤证人。是的,公诉人回答,立刻向"步枪先生"低语几句。"步枪先生"走了出去,"机关枪先生"也立即跟随而去。"步枪先生"很快又折了回来,与公诉人咬咬耳朵。公诉人便向法庭致歉,说主要证人刚才接到紧急任务,今天无法到庭作证。不需要专家告诉我就知道这话意味着审判延期,我只能回到羁押监狱,再待上无法确定的一段时间。法官们交头接耳一番,然后宣布:涉事警官次日上午开庭时必须到场作证。

72

他们把我带回羁押监狱。这是彻头彻尾的阴谋诡计,那些老资格的法官大人怎么能相信无耻的谎言?甚至到现在都不准我与亲人和朋友见面商议。我身上穿的精纺羊毛裤不但已经皱皱巴巴,而且臭烘烘的了。

在监狱院子里,那两个据说要执行紧急公务的"步枪先生"和"机关枪先生"居然又来找我。他们把我拉到一旁。这不是那两个据说无法到庭的证人吗?我暗暗恨道。他俩再次劝我,说的还是那一套:低头认罪,拯救你自己。罪名很严重,会判很长的刑期,那样我就休想再做什么上大学的梦了。明天法庭开庭时,我应当改口认罪:警方会为我的行为担保的,诸如此类。他们的举止、口气、姿势,一切的一切,仿佛都散发着同情和真心相助的愿望。他们还解释说,今天没有出庭作证就是想给我更多的时间考虑。照他们的说法,就连对法官撒谎也是在帮我?我一声不吭。但他们离去之后,我觉得自己被彻底抛弃了。

原来的难友全都走了,甚至连"银行抢劫犯"和"胳膊先生"也不见了人影。所有认识的朋友被一批惊恐万状的新犯人代替了。

但那些故事,墙壁、茅坑、恶臭、破毯子依然如故。头发也长了虱子,就连不停地挠痒也无法赶走我与世隔绝的痛苦。

  这一夜我疑虑重重。也许"步枪先生"是对的呢?也许……也许这样……也许那样……前景越来越暗淡,而劝我服软认输的甜言蜜语却越来越响亮。认罪多轻松,缴一笔罚款,继续我的生活。但如果认罪,那就是撒谎,就是承认他们关于我的谎言是真理。东方发白,人家要来带我上法庭了,我依然在纠结。

73

星期三

流言满天飞,法庭比昨天更拥挤。在门口,来自卡胡基尼的约翰老师递给我一只信封后就消失在人群里。我把信封塞进口袋。昨天那些利穆鲁的人都回来了,还添了更多面孔。一定是"信封约翰"到处把消息传了开来。

法官终于登场。他们问公诉人证人是否可以出庭,不料公诉人报告法庭说,警官们仍在野外执勤。还需要等上几天。他要求再次推迟审讯我的案子,说已做好准备,可以继续进行其他同样紧急的案子了。法官们再次退下商议公诉人的请求,正义的车轮转动得真是缓慢啊。我依然在持枪卫兵监控之下,依然远离亲人与朋友,他们可望而不可即。

我忽然想起了那只信封,也许它可以解解闷。于是我打开来看:我也曾充满疑问,你回答了我的疑问。你帮我看到了上帝。耶稣会保佑你。祈祷吧。我也在为你祈祷。署名是爱丽丝·A,你的教友。这是骗局?恶作剧?还是嘲讽?我忽然心头一亮,悟出了其中的讽刺或荒谬。在"联盟中学",在我追随"得救者"教派的日子里,不论校内还是校外,我从未成功地说服一个人皈依。然而此时此刻这张纸条却告诉我,因为我堕落,结果我成功。是因为我一直在解释自己的疑惑吗?是因为我当时的声音真诚而肯定吗?我闭上眼睛祈祷,还是没有听到任何声音回应我,跟我讲话。

  凯里·弗朗西斯怎么会完全接受和服从一位看不见的主,对他奉献终生呢?他怎么知道自己是否在服从一个更高存在的命令?他怎能相信这一切?这些疑问一直缠住我不放,甚至在我们三人小集团学经的火热时期。有些东西我就是不相信,不论如何使劲说服自己:童贞女生子啦,上帝与凡人娃娃一样出生啦,复活啦,登天啦,等等。盖瑟奥和他把历史与末世学混为一谈的理论比我参加过的所有"培灵会"①更令人信服。但要是复兴能保证活下去呢?上帝神秘莫测,创造奇迹,我喃喃地祈祷着,愿主赐给我力量去做我不得不做的事,提前求他原谅我将这么做。不知是幻觉还是真正听到了一个声音在说,对的,听从警察的建议吧,他们也许是上帝意志的执行工具。他们逮捕了我,现在又给我指出了一条活路,这条路绝大多数犯人已经接受,这些人就是简单认罪,恳求法庭宽大为怀,于是获得了自由。

  法官团回来了,否决了公诉人推迟的要求。除非他们还有证人,法庭没有选择……不,法官大人,请允许我核实一下。他们再次咬耳朵。一名警官出去了,回来时后头跟着"步枪先生"。这位证人忽然奇迹般地现身了。就算法官们惊诧,也没见他们有任何言语或手势表示。"步枪先生"手按《圣经》宣誓讲真话,完全讲真

---

① 培灵会(revival meeting),这是基督教的系列仪式,鼓励活跃的教会团体多多说服新人入教。

话,只讲真话。但他一开口作证就谎话连篇,表演得无懈可击,甚至还故作谦卑地说:不得不证明一个前途无量的青年犯有可怕的罪行,他实在心痛。但法律铁面无私,身为警官他必须坚持执法。法官大人,这名青年认为他可以凌驾于法律之上,仅仅因为他念过"联盟中学",是凯里·弗朗西斯的学生。

他的陈述滴水不漏,显然以为谎言编织得天衣无缝就能掩盖真相。在"联盟中学",老师的话虽说得不够详尽,但教育我们要承担一种责任,那就是我们应当总是信任权威,或相信权威的善意。在家里,我妈妈总是教导我们不能当面戳穿大人的谎言。但我怎么能对打扮成真理的谎言保持善意?对一名厚颜无耻谎话连篇的成年人保持沉默呢?

休庭吃午饭。下午继续开庭。现在轮到我了。投降,结束一切。只需说一个字——"是",一切折磨就到了头。上帝的意志。用谎言换取自由。为什么不?背叛还带来了基督得救呐,我提醒自己。法庭书记员向我宣读了指控。我迟疑片刻。那一刻我想起了坐牢期间,我妈妈曾派哥哥给我捎的那句话:真理永不灭。这话直接说明真理不可磨灭。妈妈不在法庭里,但我看得见她脸上的痛,听得到她的激励:你全力以赴了吗? ɑguo no guo wona ɑngǐhota? 他们又重复了一遍指控。我激动得浑身乱颤,但终于找到了自己的声音,响亮而清晰:我冤枉!

74

以这句话开头，我开始反击。话一出口，顿觉轻松无比。我心平气和，不再担心什么后果，只想把我的冤屈统统倒出来。我从领到拖欠的薪水开始说起，到我急于回家看望母亲。他们不让我往下讲，要我向证人提问。又是阴谋！为什么我不能讲我被捕的来龙去脉，却得对他提问？我绝望了，不知该说什么，问什么。

就在此刻，忽然想起"联盟中学"的辩论团，那种议会通过提问方式发现对方论点前后矛盾的会议程序。我决定把"步枪先生"当作政府动议的提议人，我做反对党。我回到了"联盟中学"的天地中，开始发问。你记得我是在内罗毕开往利穆鲁的巴士上吗？是的。你记得你上了同一辆巴士吗？是的。你当时手里有一支步枪，而你的同伴手里有一挺机关枪，对吗？他犹豫了。法官大人要求他回答：你是否持有武器？是的。什么武器？一支步枪。你的同伴呢？一挺机关枪。继续提问。你记得我有武器吗，任何形式的武器？嗯，你有个包裹。什么样子的包裹？法庭强迫他承认包裹不是武器。问题一个接一个，我把整个故事梳理一遍，他如何问我要税单，而我如何回答。你记得告诉我说吉雅诺、莫博雅、奥金伽·奥丁伽都得缴税吗？不记得。从这一刻开始，他对我所有的问题都回答不是，结果当然使他自己一次次陷入前后矛盾。我毫不留情，我感到了一种新的力量，讲真话的力量。我能始终如一，而他不能。通过提问，我的故事全面展开，包括他们说服我认罪的企图在内。不，不，他们只是要我讲真话。法庭顿时寂静无声，静得一根针落在地上都听得到。我的提问结束时，听众席上爆发出一阵掌声，但这遭到了法官严厉斥责。

一位法官问我有没有麦克雷雷大学和"联盟中学"的文书，因为我声称警官曾对这些文书挖苦嘲弄。我把这些文书呈递法庭。法庭休庭。但人们不肯离去，怕位子被别人抢走。

我依然在卫兵的监视之下。人们看我的神态使我觉察到形势有了变化，至于什么变化我看不懂。我没有放松，依然烦恼，因为法官不准我以自己的方式陈述事实。但我何其痛快，因为我不曾向诱惑屈服，对谎言低头。

法庭继续开庭，那些无法进去的人已把大楼团团围住。宣判的时刻来临，很简单：法庭不能阻挡一位从"联盟中学"以优异成绩毕业的学生。警官执勤时不得让妒忌干扰他们的判断力。本法庭不能挡在你和麦克雷雷大学之间，法官宣布，你可以走了。

刹那间，我无法相信听到的判词，只是感觉泪水哗哗地流，说不清是喜还是悲，因为我险些因恐惧而撒谎，那样的话我的灵魂将永远不得安宁。

观众席十分克制。所有的人都离开了审判大厅，除了"步枪先生"和"机关枪先生"，就连他们的战友似乎也唾弃了他们。外面，人们欢欣鼓舞，谈笑风生。

来自卡胡基尼的人群，来自卡密里胡的人群，我不再感觉自己是新村的陌生人。这过程花了很长时间，但获得新家终究补偿了失去老家。哥哥古德·华莱士紧紧拥抱着我,弟弟恩金竺紧紧拉住我的手,让人人都知道我是他心中的英雄。我无比欣慰,无比感动。我不能让这次严峻考验玷污自己四年跻身"讲经堂"的美好记忆或以及对未来的无限期望。

我无从预料这场考验只是以后更多磨难的预演。那是另一个故事,另一个地方,另一个时间。什么都无法遮挡我获得自由那一刻的辉煌,什么都不能削弱我对自由的向往与追求,因为如今我更懂得了珍惜自由的价值。

75

1959年7月,我重返利穆鲁火车站,登上一列开往坎帕拉的客车。二等车厢已不再是亚洲人的专座,我们这些"联盟中学"的毕业生也坐在这里,有老生也有新生,一起去乌干达坎帕拉的麦克雷雷大学上学。列车提速的时候,我心中响起了一首歌,小时候我们觉得开往坎帕拉的火车就是这么唱的:去—乌—干达,去—乌—干达,去—乌—干达。

致　谢

　　非常感谢所有帮助我恢复这段记忆的朋友,尤其是:我的妻子,恩吉莉·瓦·恩古吉,她对这个故事的不同版本都进行过点评;"联盟中学"校长 D. G. 凯如基先生,"联盟中学"英语部主任 M. 姆赤瑞先生,他们送给我凯里·弗朗西斯的日志,为我的回忆录记录的日期获得了宝贵的信息;乔·基哈拉·穆努古、加塔·瓦·姆布瓜,埃略德·基哈拉,艾伦·恩古吉,基马尼·约克,阿契伯德·基蒂伊,菲利普·奥契恩,基蒙亚·恩古吉,肯尼斯·金,戈登·C. 马旺吉,阿尔伯特·卡如基·恩冈嘎,卡茅·基如,艾米莉业·伊莉娃,是他们帮助我为这本回忆录收集了大量材料;木寇玛·瓦·恩古吉,姆昂比·W. 恩古吉,提安哥·K. 恩古吉,比约恩·兰诺,他们帮助我研讨了各种题目;芭芭拉·考德威尔帮我做了很多研究工作。歌莉亚·卢米斯和亨利·查卡瓦阅读了初稿,并提出有用的建议;埃罗尔·麦克唐纳谨慎地进行了编辑工作。回忆录中的片段已在如下杂志上发表过:《IOTAL》《伊斯坦布尔评论》《论生活艺术》(*Über Lebenskunst*)《审查索引》。回忆录的节选最初是在加州大学尔湾分校盖比·施瓦布教授的家中公开听讲的,那次是在一年一度的跨年晚会上。